約會大作戰 16 再逢狂三

DATE A LIVE Refrain KURUMI

「——為了——赴死吧。」
「好的、好的，樂意之至。」
「來吧、來吧，上路吧。」
「這副身軀原本命就不長呀。」
「請盡情耗損吧。」
「如果這條性命能成為『我』的根基，就請拿去吧。」
「心甘情願踏上黃泉之路。」
「事到如今，說這句話還真是可笑呢。」
「如果『我』站在我的立場——」
「就知道我們不可能拒絕吧。」

「——那麼，就請『我們』跟隨我吧。
踏上這沒有未來的死亡之旅。」

「我會努力。」
精靈——鳶一折紙
「──總之，先融化巧克力。沒必要想得那麼困難。」
〈拉塔托斯克〉司令官——五河琴里

「琴里，接下來該怎麼做？嚼嚼。」
精靈——夜刀神十香
「呵呵呵，那麼我就一個人獨占士道的心嘍。」
精靈——時崎狂三
烘焙用
巧克力

「——除了靈力（性命），
我的一切都奉獻給你。」

「一切事情
終於都銜接起來了。」

CONTENTS

約會大作戰

再逢狂三

橘 公司
Koushi Tachibana

Kadokawa Fantastic Novels

彩頁／內文插畫　つなこ

精靈
THE SPIRIT
存在於鄰界，被指定為特殊災害的生命體。發生原因、存在理由皆為不明。
現身在這個世界時，會引發空間震，給周圍帶來莫大的災害。
再者，其戰鬥能力相當強大。
處置方法1
WAYS OF COPING 1
以武力殲滅精靈。
但是如同上文所述，精靈擁有極高的戰鬥能力，所以這個方法相當難以實現。
處置方法2
WAYS OF COPING 2
——與精靈約會，使她迷戀上自己。
再逢狂三
Refrain KURUMI
SpiritNo.3
AstralDress-NightmareType Weapon-ClockType[Zafkiel]

序章 正義使者

所有認識時崎狂三的人都一致認為她是一名善良的少女。

她出身富裕人家，在父母的百般寵愛下成長，從小衣食無缺，沒什麼不滿，就這麼過了十七年的人生。

生活安穩無比，沒有憎恨誰，也沒有人怨恨她。

那一定非常幸福吧。恐怕任誰看了她的人生都會如此評價。事實上，她自己也那麼認為。

不過，她倒也不是完全無慮無憂。

——有一種隱隱約約的無力感。

不知是因為生長在豐衣足食的環境還是與生俱來的天性，這樣的情緒總是盤踞在她心中。

放眼世界，有各式各樣歷盡艱辛之人。

有人無辜死於戰爭；有人天生患病，無法久活；有人飢寒交迫；有人無端受到歧視。寒風肆虐著全世界，無情地痛擊所有弱者。

每當在電視、報章雜誌上——以及自己的雙眼看見那樣的情況，狂三的心便會充滿無盡的無力感。

也許每個人都曾經有過這樣的感受。不久後，大家會明白這世界根本毫無道理可言，心裡因此妥協，而不去正視世界各個角落的不幸。

但是無論經過多久，那種感受都持續殘留在狂三的心中。

或許自己也能盡一己一力。

她想對遇到困難的人伸出援手。

說得好聽一點是純粹的正義感，說得難聽一點，則是幼稚又天真的正義感。

那是存在於時崎狂三內心深處不為人知的情感。

而或許正因為她有這樣的想法，才會發生「那件事」吧。

——那一天。

那一天也是一如往常的平凡日子。

時刻大約是下午五點。狂三與朋友一起回家，朝著橘色的夕陽一邊走一邊天南地北地閒聊。

「——紗和，我問妳喔。」

「什麼事？」

狂三呼喚上述的名字後，同年級的朋友山打紗和便歪著頭，眨了眨眼。她是個朴素的少女，一頭栗色的頭髮綁成麻花辮。

「妳明天有事嗎？如果沒有，我想再去妳家叨擾一下。」

「好啊，可以啊……啊，妳該不會又想摸我家的栗子了吧？」

紗和輕聲微笑說道。栗子是紗和家養的美國短毛貓，不怕生，會對第一次見面的人撒嬌，非常可愛。

「不，倒不是那樣。就是想再和妳一起念書……」

「呵呵，那就當作是這樣吧。歡迎妳來——只是，既然妳那麼喜歡貓，為什麼不自己養一隻呢？」

狂三聽了紗和說的話，皺起眉頭，發出低吟。

「……因為我媽媽對貓過敏。」

「原來是這樣呀。那麼只能將來一個人住時再養了呢。」

紗和如此說完再次笑了笑，便揮揮手朝自家方向走去。

狂三也朝她揮揮手，等到她的背影消失在視野，再次邁開步伐。

無可挑剔的安穩日常。不僅交到了好朋友，也豐衣足食，無病無痛。

這樣的日子勢必會一直持續下去吧。儘管狂三內心隱隱作痛，還是不予理會，踏上歸途。
——隨後，狂三感到不對勁。
「……咦？」
轉進熟悉的巷弄後，狂三眨了眨眼，四處張望。
不知不覺間，周圍不見人影、動物，靜謐無聲。
感覺就像迷失在異世界一樣。
一時之間還以為自己的聽覺出現異常，然而——並非如此。因為自己的聲音和衣襬摩擦的聲音仍聽得一清二楚。
「這、這是怎麼回事……」
狂三儘管感到困惑，還是邁步奔跑，試圖離開現場。
不過——
「什麼……」
狂三立刻停下了腳步。
理由非常單純。因為她的面前出現了來歷不明的怪物。
那是個宛如黑影凝固成人型的生物，身體散發出朦朧的靈氣，時而發出分不清是慘叫還是咆哮的聲音。

「噫——！」

顯然是非比尋常的生物。

狂三不禁倒抽一口氣，想要逃離現場。

然而，焦躁的心情卻導致身體不聽使喚。狂三絆倒，一屁股跌坐在地。

「呀……！」

【————】

於是，怪物像是發現狂三的存在，一步一步接近她。

「不……不要過來……！」

狂三不知所措，縮起身子。

然而——下一瞬間。

「……！」

狂三的視野被光芒所籠罩，隨後傳來震耳欲聾的爆炸聲，原本逼近她眼前的怪物消失得無影無蹤。

反而出現一名少女。

「——妳沒事吧？」

「咦……啊——我沒事……」

狂三困惑地抬起頭，那名少女的容貌映入她的眼簾。
少女五官端整，長髮隨風飄揚，有些暗淡陰鬱的表情更突顯了她的神祕感，身穿帶著朦朧光芒的美麗洋裝。這所有要素都令她看起來像是天使或女神。
狂三隨後便明白是她打倒那個影子怪物，拯救了自己。
「謝、謝謝妳，救了我……」
狂三發出顫抖的聲音說完，少女便緩緩伸出手。
狂三握住她的手，好不容易才站起來。
「不過……剛才那究竟是……」
狂三詢問後，少女突然垂下雙眼回答：
「——精靈。是毀滅世界的怪物。」
「精靈……」
「……沒錯。對了，妳到底是誰？為什麼會在這種地方？」
「啊……忘記自我介紹了，我叫時崎狂三。我才想問……自己為什麼會在這種地方。」
狂三說完，少女便低吟一聲，將手抵在下巴，像是在思考什麼事情。
「……是自然而然闖進來的嗎？唔，妳搞不好有素質呢。」
「什麼……？」

狂三歪了頭。於是，少女直勾勾地盯著狂三的眼睛。

「——恕我冒昧問一下，狂三，妳想要力量嗎？」

「力量嗎……？」

「……沒錯。妳想不想要和我相同的力量？我想妳一定適合靈魂結晶（Sefira）。如果妳願意——我希望妳和我一起『拯救世界』。」

「——」

對方突然吐出荒誕無稽的話語。

想必正常人聽到這句話都會一笑置之或心存懷疑吧。

狂三也並非沒有產生這種念頭。

只是，在她內心的某種情感遠遠強過那些念頭，半下意識地驅使她頷首。

「太好了。有妳在，我便如虎添翼。」

少女如此說完，露出優雅的笑容，接著說：

「——請多指教了，狂三。我叫崇宮澪（MIO），也就是所謂的……正義使者。」

第一章　夢魔的誘惑

「狂……三……」

自己並非有意識地從喉嚨吐出這個名字。

當那名少女出現在自己的視野那瞬間，腦海、雙眼全都聚焦在她的身上——聲音半自動地脫口而出。

不過，這也無可奈何。

因為此刻掌控五河士道視線的那名少女，容貌就是如此令人印象深刻。

烏黑潤澤的秀髮。

白裡透紅的肌膚。

嫣然一笑的淡紅雙唇。

以及微微露出的——時鐘眼眸。

這個世界上僅有一名少女擁有這樣的容貌。

——狂三，時崎狂三。

驅使操縱時間的天使〈刻刻帝(Zafkiel)〉，人稱「最邪惡的精靈」。

屢次出現在士道等人的面前，想奪取他們的性命，成為他們的威脅與阻礙，有時卻又與他們並肩作戰的精靈，如今就站在眼前。

「到底是為什麼——」

這句話也是半下意識地脫口而出。

因為狂三出現的場所既非深夜的巷弄裡，也非被敵人包圍的窘境下——

而是士道就讀的高中，二年四班的教室裡。

非比尋常的化身就坐鎮在可說是象徵日常的風景之中。那不平衡的存在感，令士道不由得吞嚥口水濕潤喉嚨。

「——呵呵。」

坐在椅子上的狂三看見士道的表情，莞爾一笑，覺得有趣，語氣戲謔地繼續說道：

「竟然問為什麼……你說這話可真是奇怪呢，士道。這是對久違復學的同學該說的話嗎？」

說完，狂三像在展示自己身穿的衣服般挺起胸膛。

她現在所穿的並非由血紅黑影般的色彩構成的靈裝，而是西裝外套加百褶裙，與其他學生一樣的高中制服。

「妳……」

士道皺起眉頭，發出疑惑的聲音。

狂三在幾個月前的確是這個班上的學生。雖然不知道她是怎麼進來的，但似乎是依照正規的手續入學，也聽說目前是休學的狀態。

不過，士道可沒天真到會將這些話照單全收。況且，那次插班也是因為覬覦士道的性命。

「哎呀、哎呀。」

大概是從士道的視線察覺到緊張的氛圍，狂三覺得有趣，微笑著站起來，朝士道踏出一步。

「士道！」

「————」

或許是對狂三的舉動有所戒備，只見兩道人影從士道的背後跳出。

漆黑的長髮與及肩的淺色齊髮出現在士道的視野之中。兩人分別是與士道一起上學的精靈——夜刀神十香與鳶一折紙。

不過，兩人的舉止大概在狂三預料之內，她並不怎麼驚訝，只是微微一笑，將伸出的手移向自己的嘴角。

「呵呵呵，士道，你還是一樣那麼受歡迎呢。」

狂三調侃似的如此說完，上下打量十香與折紙。

「請放心吧。我也沒打算在這種地方鬧事。」

「最好是……！」

「我們憑什麼相信妳？」

「哎呀、哎呀，人家被討厭了呢，真是難過。」

狂三惺惺作態地假哭。「唔……！」十香一時心軟，但看見折紙面不改色便立刻驚覺，又恢復凶狠的表情。

於是，狂三在裝哭的同時，忍俊不禁地笑了出來。

然後稍微壓低聲音不讓其他同學聽見，接著說：

「……若是我想不顧一切訴諸暴力手段，早就在這裡顯現出天使了。」

「什麼——」

聽見狂三說的話，士道不禁啞然無言。狂三見狀，加深了笑意，吟誦般繼續說：

「施展〈食時之城〉籠罩整個校舍，我的分身把失去意識的學生們當作人質……將槍口抵在全校同學的額頭上。不知道在這種狀態下，士道究竟會怎麼對抗我？真是好奇呢。」

「狂三……！」

「嘻嘻嘻、嘻嘻。」

士道表情嚴肅地呼喚名字後，狂三便發出陰森的笑聲回答：

「希望我現在並沒有做出這些事可以證明我所說的話。如果我都說到這個份上了，你們還不願意相信——那我倒是很樂意如你們所願喲。」

「……！妳——」

妖魅的語氣下帶著明確的威脅，令士道倒抽了一口氣。

十香和折紙加重拳頭的力量強化警戒。不過，士道將手搭在兩人肩上加以阻止。

「……我知道了。」

「呵呵呵，你還是一樣善良呢。」

狂三聽了，露出滿足的微笑，撥了撥頭髮。

士道即使對她那妖豔的模樣感到退縮，依然抱持警戒。

這也是理所當然。既然狂三不打算危害士道，為何如今又重新復學？

「狂三，妳到底有什麼目的？」

「呵呵呵，不要露出那麼可怕的表情嘛——我只是來享受和你之間的學生生活罷了呀。」

「…………」

士道聽了狂三說的話，沉默不語。

接著，狂三戲謔地聳了聳肩，突然大聲地繼續說話。

簡直就像故意要讓周圍的學生聽見一樣。

「太過分了、太過分了。人家只不過是想和士道一起上學——也有好好遵守你的吩咐，在你家隨時赤身裸體，隨傳隨到你的身邊侍候，得到這一點小小的獎勵也不為過吧～～」

「什麼！」

聽見狂三隨口胡謅的謊話，士道不禁發出高八度的聲音。

「妳、妳胡說什麼啊！我哪有——」

連忙想大聲反駁。

不過，為時已晚。班上同學聽見狂三說的話後，開始望著士道竊竊私語了起來。

「咦……剛才那些話是真的嗎？五河同學又幹了什麼齷齪事嗎？」

「話說，那是六月轉來的時崎同學吧？」

「嗯。我記得她應該已經休學了……該不會之前一直住在五河家吧……！」

上述這些無憑無據的謠言以驚人的速度擴散開來。

「……我的天啊……」

士道絕望地扶住額頭。反觀狂三，倒是嘻嘻笑得樂不可支。

不過，現在不是在意那種事情的時候，況且士道惡名昭彰也不是一天兩天的事了。他胡亂搔了搔頭打起精神後，嘆了一大口氣，將視線移回狂三身上。

「……只是為了享受學校生活嗎？如果妳的目的真的只有這樣，我倒是誠摯地歡迎妳，在我家為妳辦個歡迎派對也行——當然，得讓我封印妳的靈力才行。」

士道皺著眉頭如此說道。

這當然不是真心的。不對，正確來說，士道是發自內心說出這些話，只是他不認為狂三會當真。

——然而……

狂三的回答卻出乎士道的預料。

「好呀、好呀，這倒是無所謂。」

「……咦？」

狂三的反應令士道發出錯愕聲。

他反覆思量狂三說的話和話中的含意，懷疑自己的耳朵，認為自己理解能力有問題。經過數秒後，他瞥了一眼十香和折紙的臉，發現兩人表情染上驚愕之色——士道瞪大了雙眼。

「狂三……？妳剛才，說了什麼——」

「我說，把我的靈力交給你也無妨。只不過……」

「我有一個條件。」

狂三豎起一根手指，妖豔地微笑。

「…………」

士道嚥了一口口水。

他不認為狂三會輕易交出自己的靈力。不難想像那個條件勢必是不可能實現的無理要求，要不然就是在開玩笑——這麼推斷比較妥當吧。

不過，士道非得反問回去不可。只要有可能封印狂三的靈力，就算機會再怎麼微乎其微，他也必須抓住——更何況，狂三那總像在愚弄士道而彎起的眼眸似乎顯露出些許異於平常的情緒。

士道下定決心詢問：

「……妳的條件，究竟是什麼？」

「就是——」

此時——

就在狂三開啟雙脣的瞬間，教室響起上課鈴聲。

「哎呀、哎呀，已經要上課了呀。很遺憾，只能下次再說了。」

狂三如此說完，轉過身背對士道，打算走向自己的座位。

「狂三！」

士道忍不住叫住狂三。或許是被這道聲音嚇到了，只見有幾名同學轉頭望向他。

然而，狂三本人卻神色自若的樣子嘻嘻微笑後，豎起一根手指擺到嘴巴前面。

「詳細情形等放學後再說吧，現在人太多了。而且——學生的本分是念書吧？」

狂三留下這句話，便離開士道的身邊。

◇

「……鳶一折紙，前AST隊員。當時的階級是陸軍上士，巫師(Wizard)等級B+。數個月前，因為私人因素退職……」

DEM Industry日本分公司的某個房內。

阿爾緹米希亞‧阿休克羅夫特將手抵在下巴，唸出顯示在螢幕上的資訊，發出低吟。

這名少女的特徵是擁有一頭如陽光聚集般的明亮金髮及海洋般的碧眼。那張襯托出她溫柔微笑的臉龐，如今卻染上些許困惑與狐疑之色。

「——沒錯，就是她。」

阿爾緹米希亞輕聲呢喃後操作控制檯，顯示詳細資料。

身高、體重、顯現裝置的熟練程度等各式各樣的資訊逐一呈現在螢幕上。

她正在瀏覽的是DEM Industry擁有的各國巫師資料庫。

現代的「巫師」並非詠唱咒語、進行祈禱之人，而是能單獨運用顯現裝置，展開隨意領域。

為此，必須動外科手術，將小型機械植入腦內——這根本不可能單獨私自進行。

換句話說，使用DEM製造的顯現裝置的巫師，其所有資料都會記錄在這個資料庫裡。

距今約一個月前，阿爾緹米希亞在宇宙空間企圖襲擊精靈時，看見了一名巫師。為了證實自己的疑念，她調查資料庫後，便發現那名少女的檔案。

「嗯……」

不過，阿爾緹米希亞不滿地嘟起嘴脣。

正如自己所猜想的一樣，資料庫的確有那名少女的檔案，但記錄的全是些基本資料，並沒有自己想得知的資訊。

「──阿爾緹米希亞，妳在做什麼？」

就在阿爾緹米希亞靠著椅背伸展身體時，背後傳來這樣的聲音。

循聲望去後，發現那裡不知何時站了一名少女。她的金髮比阿爾緹米希亞的還要淡，碧眼比阿爾緹米希亞的還要深。若將阿爾緹米希亞比喻為太陽，少女的容貌便是如月亮一般夢幻。

不過，那僅限於她的外貌。阿爾緹米希亞可沒有傲慢到在她的面前還敢自稱太陽。

艾蓮．米拉．梅瑟斯，DEM Industry第二執行部部長，同時也是公認的人類最強巫師。

「噢，艾蓮，我在調查一些事。」

阿爾緹米希亞回答得模稜兩可。於是艾蓮微微彎下身子，窺看她的手邊。

「鳶一折紙的檔案嗎……？調查她做什麼？」

「妳認識她？」

「嗯，算是吧。」

阿爾緹米希亞詢問後，艾蓮便微瞇起眼睛如此回答。這反應並沒有什麼特別的，但不知為何，感覺帶著些許憤恨的情緒。

「妳跟她有什麼過節嗎？」

「沒有啊。」

艾蓮撇頭別開視線。看來艾蓮是不會回答了。阿爾緹米希亞放棄追問，決定回到正題。

「這孩子，是精靈吧……？」

「沒錯，識別名是〈天使〉(Angel)，在這個世界也曾被喚作〈惡魔〉(Devil)。」

「而她卻曾經待過ＡＳＴ？」

「是啊。大概是因為變成精靈才離開ＡＳＴ吧。」

「這樣啊……」

阿爾緹米希亞摸著下巴，再次望向螢幕上顯示出的折紙的照片，數秒後低喃般繼續說：

「艾蓮，我問妳喔，我曾經見過她嗎？」

「……為什麼這麼問？」

「她好像認識我。」

「…………」

艾蓮聽了阿爾緹米希亞說的，突然沉默不語。

不過數秒後，她輕聲嘆息道：

「阿爾緹米希亞，妳是不是太妄自菲薄了啊。前ＡＳＴ隊員會認識ＳＳＳ的妳，這也不足為奇吧。」

「嗯……是這樣嗎？」

「是啊。況且，妳自己都不曉得有沒有見過她了，我怎麼可能會知道啊？」

「啊哈哈……說的也是喔。」

阿爾緹米希亞聳了聳肩苦笑，艾蓮便無奈地嘆了一口氣。

「別管這件事了，艾克召集我們，快過去吧。」

「啊，嗯，等我一下。」

阿爾緹米希亞將電腦設定成睡眠模式後，跟著艾蓮離開房間。

「…………」

艾蓮一語不發地走在走廊上，瞥了一眼阿爾緹米希亞。

對周圍的動靜敏感的她察覺到艾蓮的視線，就朝艾蓮莞爾一笑。艾蓮一臉尷尬地將視線移回前方。
當阿爾緹米希亞問鳶一折紙的事情時，艾蓮有些吃驚，但看來她並沒有恢復記憶的樣子。記得阿爾緹米希亞在之前的戰鬥與折紙兵刃相接，會對當時的對話心生疑慮也無可厚非。光憑戰場上的幾句交談，應該不至於恢復記憶，但保險起見，待會兒還是先確認兩人對話的內容為妙。艾蓮思考著這種事，跟阿爾緹米希亞一起搭乘電梯。
「艾蓮，艾克召集我們，是有什麼新的作戰方式嗎？」
「不知道。不過，他說有東西想讓我們看。」
「有東西想讓我們看？」
「是啊。」
兩人一邊閒聊，來到大樓的最上層——DEM Industry執行董事艾薩克．威斯考特的辦公室門口。
不過——
「——」
這時，艾蓮突然停下腳步。因為她感受到門內有一股異樣的氣息。
威斯考特這個男人的確擁有非常人所及的壓迫感，但如今一門之隔，蠢蠢欲動的「那個」明顯散發出與那類感覺相異的別種氛圍。

宛如——沒錯，感覺就像無數的怪物屏息等待著阿爾緹米希亞兩人。

「艾蓮。」

「——我明白。」

看來阿爾緹米希亞也察覺到了那股氣息。她微微皺眉，擺出嚴肅的表情。

「這究竟是怎麼回事？」

「我也不知道。」

「艾薩克先生應該不可能……遭到襲擊吧？」

「絕不可能。這裡雖是分公司，但好歹也是DEM Industry。怎麼可能有人瞞過我們的雙眼，發動襲擊——」

話語未落，艾蓮赫然屏住呼吸。

——有。有人曾經襲擊過這間日本分公司。

精靈〈夢魘(Nightmare)〉。她能操縱時間和影子，無止盡地增加自己過去姿態的分身。

當然，他們並未鬆懈警戒。只是說到襲擊者，腦海浮現的就只有她一人。艾蓮咬緊牙根，門也沒敲就直接打開。

「艾克！你沒事吧，艾克——」

不過，當艾蓮踏進房間後，同時停下了腳步和話語。

理由很單純。因為房內並沒有精靈的身影，只有威斯考特一個人坐在椅子上。

「這是……」

「——喔喔，艾蓮，妳來了啊。怎麼啦？臉色那麼慌張。」

「……不，沒事。」

艾蓮整理略微凌亂的衣領說完，阿爾緹米希亞緊接著走進房內，同樣露出意外的表情。

「咦……？我確實有感覺到某種氣息啊……」

威斯考特笑咪咪地望著兩人的模樣，隨後慢慢站起來，走向窗邊。

「我今天叫妳們兩人過來，不為其他——由於先前在宇宙空間飄蕩的精靈落入〈拉塔托斯克〉的手裡，導致他們那裡聚集了十個精靈。」

「……真是沒臉面對你。」

艾蓮聽了威斯考特說的話，表情苦澀地低下頭。

在宇宙空間一戰中，艾蓮駕駛的〈蓋迪亞〉敗給敵方的空中艦艇〈佛拉克西納斯〉一事仍記憶猶新。若是當時艾蓮沒有墜毀，或許會改寫戰役的結局。

不過，威斯考特並沒有責備她的意思，接著說：

「我沒有要怪罪妳。妳們幹得很好。況且，我覺得目前這種狀況才能導向最精彩的結局。」

「最精彩的結局嗎？」

「沒錯。已經聚集了夠多的精靈，而我手中擁有魔王，雖然狀態不完全——艾略特不在這裡，倒是讓我覺得有些遺憾。」

「……！」

艾略特。聽見背叛者的名字，艾蓮不禁露出嚴厲的表情。

或許是察覺到艾蓮的表情，威斯考特聳了聳肩繼續說：

「總之，時機即將成熟了。妳還記得我以前說過的話嗎，艾蓮——就讓五河士道擔任『關鍵』角色吧。」

「……！您的意思是——」

艾蓮瞪大雙眼。

威斯考特邪魅一笑，舉起右手。

於是，空中溢出漆黑的黑暗，出現一本黑漆漆的書籍——魔王〈神蝕篇帙（Beelzebub）〉，他從精靈〈修女（Sister）〉手中奪走的書型奇蹟。

它的力量為「無所不知」，能「知曉」發生在這世上的所有事情，是最邪惡凶暴的能力。

「雖然〈修女〉妨礙了搜尋功能，但只要將力量灌注在調查一件事情上，還是有可能破除〈拉塔托斯克〉的警戒。

——差不多該大開殺戒了。無須手下留情，盡情發揮人類最強巫師的力量吧。」

「交給我吧，我一定為您獻上最棒的成果。」

「很好。我期待妳們兩人的作為。」

艾蓮端正姿勢，點頭回應威斯考特說的話。阿爾緹米希亞隨後也有樣學樣。

「那麼，我立刻展開行動。馬上──」

「──噢，對了。」

艾蓮話還沒說完，威斯考特就像是想起什麼事情似的挑了挑眉尾。

「什麼事？」

「關於這件事，我忘記補充一點──這次的作戰我準備追加人手。」

「追加人手……巫師嗎？單憑我們的力量還不夠嗎？」

艾蓮努力佯裝平靜……但語氣中還是隱藏不住不滿的情緒，如此回答。

而威斯考特則是淺淺一笑，搖頭說：「那倒不是。」

「我可沒那麼說。妳無庸置疑是當代最強的巫師，而阿爾緹米希亞也擁有僅亞於妳的力量。不過，不可小看多數人的力量。靈力被封印的精靈在妳們面前就等同於螻蟻，但是團結力量大，還是有可能絆住妳們幾分鐘的時間。而那幾分鐘，也許就會讓目標逃之夭夭。」

「這……」

「啊哈哈，被戳到痛處了。」

阿爾緹米希亞不識相地笑道。艾蓮則是懊悔地皺起眉頭。

威斯考特說的純粹是事實。本應靠一己之力戰勝的艾蓮總是錯失擊潰目標的機會，就是因為那些精靈每次都跑來攪局。

DEM也有其他巫師和無人兵器〈幻獸・邦德思基(Bandersnatch)〉，不過他們的實力與現在的那群精靈差距實在太過懸殊，讓他們從旁協助令人難以安心。實情便是如此。

「不過，艾克，沒有幾名巫師有資格陪同我們行動。馬虎的團隊合作，反而可能會扯我們的後腿。」

「是啊，妳說的沒錯。」

艾蓮說完後，威斯考特二話不說便承認了。

「不過，放心吧。『她們』肯定會助妳們一臂之力。」

威斯考特一邊說一邊慢慢舉起手，彈了一下手指。

於是下一瞬間，好似刮起暴風一般，無數張紙從他所坐的椅子後方飄散整個房間。

「什麼──」

「哇！」

事出突然，艾蓮跟阿爾緹米希亞都嚇了一跳。震驚之際，那些紙張密密麻麻地緊貼在房間的牆上。

這時兩人才終於看清那些紙張的狀態就如同老舊的書頁一樣。
「這是……」
艾蓮瞇起雙眼望向那些紙——隨後驚愕地瞪大眼眸。
這也難怪。因為有好幾名少女從那些紙中慢慢爬出。
近似黑色的灰髮、興致勃勃地凝視艾蓮兩人的銅綠色雙眸。
不過，最大的特徵是——她們全都長得一模一樣。
「……！艾蓮。」
「我知道……」
艾蓮臉頰冒出汗水，回應阿爾緹米希亞。
沒錯。「那」便是兩人進入這個房間前所感受到的無數氣息。
「我來介紹。她們是魔王之女——〈妮貝可(Nibeelcole)〉。」
威斯考特的鏽色雙眸彎成新月狀，如此說道。

◇

橘色夕陽從教室的窗外照射進來。

士道瞥了一眼手機螢幕確認時間後，深深吐了一口氣調整呼吸，抬起頭。

一天的課業結束。放學後，班上同學已經回家，教室裡只剩士道、十香、折紙，以及隔壁班的八舞耶俱矢、八舞夕弦姊妹。她們也是士道過去封印靈力的精靈。

當然，士道會留在學校只有一個理由。

——就是再次與狂三交談。

她所指定的地點是這棟校舍的頂樓。士道握緊拳頭下定決心，從椅子上站起來。

「——大家，我差不多該去赴約了。」

士道說完，十香一臉不安地將眉毛皺成八字形。

「唔……士道，你一個人去沒問題嗎？我們還是陪你去吧……」

其他精靈聽了也紛紛點頭表示同意。

「十香說的沒錯。太危險了。」

「面對棲身黑暗的漆黑精靈，需要我們的力量。」

「同意。夕弦兩人也陪你一起去。」

士道苦笑著撫摸十香的頭後，緩緩搖頭拒絕。

「謝謝妳們。不過，不用擔心。狂三也許確實是個危險的精靈……但她不會出爾反爾——況且……」

士道緊握拳頭繼續說：

「一個今後想封印狂三靈力的男人不敢跟她一對一交談，就前途堪慮了吧。」

「士道……」

十香依然神色不安，但立刻甩了甩頭，強行擺出開朗的表情。

「……嗯，我知道了。祝你好運！」

「謝謝。」

士道用力點點頭，留下她們，踏出教室。

然後爬上階梯，來到通往頂樓的門前。

這時，戴在右耳的小型耳麥傳來熟悉的聲音。

『我想你應該有自知之明，千萬不要亂來。就算有〈佛拉克西納斯〉在監視，狂三的天使可是非同小可，難以預料會發生什麼事。』

士道的妹妹五河琴里，同時也是〈拉塔托斯克機構〉的司令官，目前正在空中艦艇〈佛拉克西納斯〉中從上空觀看士道等人的情況。

「嗯，我知道。不過，幫助精靈是〈拉塔托斯克〉的宗旨吧？不管狂三有多麼恐怖，談也不談就夾著尾巴逃跑，可是會被我可怕的妹妹踢屁股的。」

『哎呀，如果是我，不但會讓你全身動彈不得，搔你的癢，還會向全世界公布你不堪回首的種種過去。竟然踢個屁股就了事，你妹妹心地還真是善良呢，你可要好好珍惜她喲。』

「……哈哈。」

士道開玩笑地說完，琴里便嗤之以鼻地還以顏色。士道臉頰流下汗水，輕聲笑了笑。

感覺方才纏在身上的緊張感緩和了幾分。士道拍了拍臉頰振奮精神，開啟門扉踏進頂樓。

「——」

與位於走廊上時無可比擬的光芒在視野內擴展開來。士道不禁瞇起雙眼——慢慢聚焦在視野中央的少女身上。

「——哎呀。」

在欄杆前眺望街景的狂三可能是察覺到士道來了，於是轉頭望向他。

「呵呵呵，歡迎你來呀，士道。」

狂三如此說著，咚咚地踩了幾步有如舞步的步伐接近士道後，拎起裙襬誇張地行了一個禮。

她那過分優美的姿態令士道剎那間差點看得入迷。

不過，現在不是為那種事分心的時候。士道甩了甩頭重振精神，目不轉睛地盯著狂三的臉。

「好了，狂三，我依照約定來了。」

「…………」

士道說完，狂三凝視了士道的臉半晌後，揚起嘴角。

「我早上也有同樣的感覺——士道，你有些不一樣了呢。」

「咦……？」

「感覺你的長相比我第一次見到你的時候更成熟了呢。畢竟經歷過那麼多艱難的戰役，這也是理所當然吧。呵呵呵……你變得更迷人了呢。」

「……別、別逗我了啦。」

士道不由得羞怯地回答……還好現在是傍晚時分，若不是全身沐浴在夕陽下，恐怕難以掩飾自己泛紅的雙頰吧。

「重點是，快告訴我早上還沒聊完的話題——封印妳靈力的條件是什麼？」

狂三聽了士道說的話，再次揚起嘴角。

既美麗——又駭人無比的微笑。

背對夕陽的她說是看起來像引誘士道前往冥府的死神也不為過。

「好的、好的，現在就告訴你吧。我——」

——就在籠罩在落日陽光下的狂三要吐出話語的那一瞬間……

「……！」

士道突然感到一陣強烈的暈眩。

不對……若要避免產生語病，說是暈眩也不太貼切。感覺就像是被人強制關掉電源一樣，超越痛苦和病痛，身體瞬間被黑暗侵蝕似的失落感。

不過，士道以前也曾體驗過這種難以形容的感覺。

被子彈貫穿身體時。

利劍從背後刺進他的胸口時。

以及——被「鑰匙」消除身體的一部分時。

被能輕易危害性命的「東西」瞬間蹂躪身體的感覺。

也就是「死亡」的感覺——

◇

下午五點三十分，東京都天宮市上空。

艾蓮穿著白金色CR-Unit〈潘德拉剛(Pendragon)〉，在身體四周展開隨意領域，飄浮在半空中，注視著位於眼下遙遠的高中校舍。

雙方的實際距離遠超過一萬公尺吧。不過，艾蓮身為巫師，雙眸能清清楚楚捕捉到在校舍蠢動的人影。

〈夢魔〉、數名精靈，以及五河士道。

「準備好了嗎？」

艾蓮注視著地上，自言自語般發出聲音。

於是，阿爾緹米希亞的聲音透過通訊機傳來，回答她：

『當然，隨時都能開始行動。』

阿爾緹米希亞身穿〈潘德拉剛〉的姊妹機〈蘭斯洛特(Lancelot)〉，正從其他地點注視著同樣目標。

艾蓮以沉默代替回答後，再次將視線落於眼下，觸碰裝備在背上的Unit，一口氣抽出。

原本折疊的刀身展開，形成金色的光刃。

利用顯現裝置輸出的濃密魔力所構成的刀刃——冠上聖劍之名的光劍〈王者之劍(Caledfwlch)〉，為〈潘德拉剛〉的主要兵裝。

「——上吧。」

艾蓮簡短地說完便蹬了一下天空，朝下方飛去。

她的速度簡直就像子彈，照理說就算失去意識——甚至身體支離破碎也不足為奇，她卻以那樣的高速逼近目標。

「疾風迅雷」這類陳腐的比喻，如今成為現實。想必現在沒幾個人能捕捉到艾蓮的身影。

——不過……

「……！喝！」

宛如劈開天空飛行的艾蓮突然停止前進，舉起手上的劍。

瞬間，迸發出強烈的魔力光，照亮四周的雲朵。

「唔——」

即使是以高輸出魔力為傲的〈王者之劍〉，也無法一擊迸發出那樣刺眼的火花。

沒錯。因為那裡還存在著另一把帶著魔力的劍。

「——呼。竟然能在那樣的時間點停下來，真有妳的呀，艾蓮。」

朝艾蓮揮劍而下的少女揚起嘴角說道。

她身穿形狀有如野狼的CR-Unit，一頭馬尾與左眼下方的一點淚痣是她最大的特徵。

「妳是……」

艾蓮聽見她的聲音、看見她的臉龐後，不由得皺起眉頭。

「真那！妳怎麼會在這裡！」

「喝啊！」

艾蓮一呼喚她的名字，少女——崇宮真那便以裂帛般的氣勢與更進一步的追擊予以回應。

「嘖——」

艾蓮露出憤恨的神情，操作隨意領域控制姿勢，擋開那一擊。

然後逃向後方，拉開距離後，狠狠瞪視真那。真那戲謔地聳了聳肩。

「哎呀、哎呀，妳的表情真是凶神惡煞啊。老是板著一張臉，皺紋可是會變多喲。」

「……開什麼玩笑。」

艾蓮鄙棄地說完，不敢鬆懈地望著真那，開始思考。

真那捕捉到了艾蓮的飛行。這一點倒還好。真那雖然不如艾蓮，但也是個實力超凡的巫師。

從旁狙擊鎖定目標的獵人，難度總比直接面對獵人還低吧。

不過前提是，她必須準確地知道艾蓮的所在地與目標。

——真那早就知道艾蓮要襲擊士道？

不對。即使情報外洩，她也不可能連艾蓮狙擊士道的地點都掌握得一清二楚。

——那麼，是擔心士道可能被盯上而隨時警戒周圍嗎？

不對。就算有警戒，再怎麼優秀的巫師也不可能二十四小時巡視士道周圍的一萬公尺範圍。

「……哼。」

艾蓮在腦海裡否定了無數種可能性，慢慢地撩起頭髮。

現在最重要的，並非尋找真那得知艾蓮所在地的理由。她在腦內下達指令，與位於其他地點的阿爾緹米希亞通訊。

「阿爾緹米希亞，我遇到妨礙了。重整態勢，暫時——」

艾蓮說到這裡才察覺——

原本應該傳來阿爾緹米希亞的聲音，卻只聽見斷斷續續的吵雜聲。

「這是……」

阿爾緹米希亞不太可能被人打敗。恐怕是通訊遭到干擾，或是她跟艾蓮一樣遭人妨礙襲擊計畫，正在與人打鬥吧。

艾蓮嘖的一聲輕聲咂嘴，瞪視真那的視線變得更加銳利。

「雖然不知道妳是怎麼辦到的，妳這招還真是高明啊。」

接著，真耶不知為何也露出有些憤恨的表情，皺起臉孔。

「……就是說呀。太過高明，令人厭惡。艾蓮，只要妳不出馬，還能當作笑話了事呢。」

「……？妳這是什麼意思？」

聽了真那令人費解的話，艾蓮皺起眉頭。於是，真那像是不打算繼續說明似的，微微甩了甩頭。

「跟妳無關──話說，妳要怎麼辦？似乎已經錯過絕佳的時機嘍。」

「哼。」

真那挑釁般說道。艾蓮一臉不悅地冷哼一聲，將光劍的劍尖指向真那。

「妳阻止我襲擊一事，令人敬佩。不過，那也得等到妳戰勝我之後才能算數。」

「是喔？那就來啊──」

真那舉起光劍，擺出應戰的姿態。

不過，艾蓮卻不等她把話說完，自顧自地說下去：

「──我是很想回應妳啦，不過……」

接著，艾蓮Unit的後背包開啟，收納其中的東西在隨意領域中展開。

──那是好幾張書頁。

「……紙張？」

真那納悶地說完，稍微壓低姿勢。

大概是難以預料艾蓮行動的意義而處於警戒狀態。

艾蓮莞爾一笑，並非舉起持劍的右手，而是將左手伸向前方。接著，無數張紙便隨著這個舉動規律地排列起來。

真那根本不可能戰勝艾蓮。不過，正如威斯考特所說，倒也足以拖延她的時間。

那麼，如今艾蓮應該採取的行動並非接受真那露骨的挑釁，而是盡早回到任務。

「……到底打算做什麼？」

面對艾蓮費疑猜的舉動，真那吐出這句話。

但她並非在問艾蓮。就算艾蓮真的聽見了，也不會將自己的計策透露給表現警戒的敵人吧。

「——出來吧，〈妮貝可〉。」

說完，艾蓮彈了一個響指。

展開在艾蓮周圍的紙張瞬間有如脈搏般蠢動，旋即有好幾名少女從中爬出。

好幾名身穿黑衣——容貌相同的少女。

「啊——」

「怎麼……已經要出場了嗎？」

「是無所謂啦。畢竟是為了父親大人。」

這群少女慵懶地說道，有的伸懶腰，有的則是打呵欠望向真那。

「……！」

真那不禁屏住呼吸。

一時之間，還以為是幻影或幻覺。因為對艾蓮而言，將自己的幻想投影在隨意領域之中並非難事。

然而——並非如此。

從虛空中出現的少女，人數估計約二十名。

而且可以從她們身上感受到不像幻影的真實存在感以及濃密的力量。

沒錯。簡直就像面對〈夢魘〉時崎狂三分身時的感覺。

也許是看見了真那的表情，只見艾蓮揚起嘴角。

「由她們來對付妳就綽綽有餘了吧——〈妮貝可〉，我要前往目標的所在地，接下來就拜託妳們嘍。」

然後朝那群少女——〈妮貝可〉下達指令。

於是，被稱為〈妮貝可〉的少女們瞥了艾蓮一眼，揮了揮手。

「噢，好的、好的。妳放心去吧。」

「話說，艾蓮跟父親大人是什麼關係呀？情婦？」

「咦咦～～怎麼可能呀？父親大人眼光有那麼差嗎～～」

少女們呀哈哈地放聲大笑。

「……什麼！」

大概是她們的反應出乎意料，只見艾蓮抽動了一下眉尾。

不過，想必是不想在真那面前表現出內心動搖的模樣，她立刻甩了甩頭重振精神，望向下方——士道等人所在的高中。

「！休想離開……！」

真那必須阻止襲擊，她企圖驅動推進器。

然而，就在真那移動的瞬間，前一秒還像女高中生嘻嘻哈哈的〈妮貝可〉便同時對她投以針一般銳利的視線。

「唔……」

真那苦著一張臉，咬緊牙根。

假如是一對一，真那勢必不可能敗給〈妮貝可〉，但她們的數量少說也有二十。而且，倘若她們的目的不是打倒真那，而是不讓真那妨礙艾蓮，就又另當別論了。

不僅要擺脫二十人的妨礙，還得阻止實力勝過自己的巫師艾蓮的行動——這過於不切實際的想法令真那感到汗水從自己的臉頰滑落。

明顯寡不敵眾。除非像〈妮貝可〉一樣，有好幾人增援——

「——哎呀、哎呀。」

就在這個時候——

真那如此思考時，背後突然響起這種令人極為不舒服的笑聲。

「……嗯？」

「那是怎樣？有好幾個人長得一模一樣。嗚哇，好恐怖喔。」

「啊哈哈，我們有資格說人家嗎？」

面對真那的一群〈妮貝可〉各自說道。

於是，像在回應她們似的，有好幾個人影從真那的背後走出來。

紅黑色的靈裝、繫成左右不均等的頭髮，以及——滴答滴答刻劃著時間的左眼。

與精靈時崎狂三一模一樣的一群分身並排站著，像是在給真那助威似的。

「……〈夢魔〉。」

真那望向左方，一臉憎惡地說完，狂三便止不住笑意似的對她投以微笑。

「真巧呀，真那。有困難的話，我可以出手幫妳喲。別看我這樣，我可是看不慣別人以大欺小呢。」

「妳還真好意思說啊。我要連同妳那油腔滑調的舌頭，跟妳的頭一起砍下來。」

「哎呀，怕死人了、怕死人了……可、是，妳的狀況允許妳這麼逞強嗎？我認為光憑妳一人，應該很難阻止她們喲。」

「……嘖！」

真那絲毫不隱藏對狂三的厭惡感，咂了咂嘴後，舉起光劍〈Wolftail〉。

「等我解決掉所有人後，再宰了妳！」

◇

「——道、士道。」

「…………！」

聽見狂三的呼喚，士道猛然瞪大雙眼。

「咦……奇……怪……？」

士道發出呆愣的聲音，環顧四周。

他正站在自己一行人就讀的來禪高中頂樓，而對面則是站著身上點綴著美麗夕陽的狂三。

士道理解現在的狀況後，腦海突然浮現一個傾向自問的想法。

——我幹嘛確認這種再自然不過的事情啊？

沒錯。士道剛才確認的全是些再理所當然不過的事情。

感覺就像是失去數秒的意識，再次從頭回溯記憶的異樣感，宛如按下電玩的重設按鍵。

「你還好嗎，士道？」

「嗯，我還好……抱歉，我失神了一下——」

不過——這時他又感受到一股奇怪的不協調感。

因為背對夕陽的狂三看起來跟剛才有些不一樣。

不對……正確來說，並非哪裡產生怎麼樣的變化。

該怎麼說呢？感覺狂三總是表現出超然與從容的臉龐似乎顯露出些微疲態。

「狂三……？妳好像……」

「——哎呀、哎呀？」

士道話還沒說完，狂三便挑了一下眉尾，用平常的語氣說：

「我有哪裡不對勁嗎？」

「……啊，沒有。」

狂三瞬間恢復士道所熟悉的神情，令士道不禁含糊其辭。

她看起來確實有些奇怪……但也不到能具體指出哪裡有異的地步。

「——好了，那我們來整理一下。」

不知狂三是否看穿了士道的心思，只見她放大肢體語言，繼續說：

「我的目的跟以前一模一樣，只是想得到……儲存在你體內的精靈靈力。復學的理由也非常單純。你之前封印了六喰的靈力，所以你身上累積了十人份的靈力，對吧？呵呵呵，我認為時機差不多成熟了。」

「…………」

士道沒有避開狂三的視線，回以沉默，臉頰流下一道汗水。

「想得到」，換句話說就是連同士道一起吞食掉他的靈力——相當於殺死士道。即使是精靈的請求，士道也絕不可能允許。

這一點，狂三也十分清楚吧。她以妖豔的動作豎起一根手指觸碰自己的雙唇，露出邪魅笑容，接著說：

「而你的目的則是封印我的靈力……對吧？」

「……沒錯。光是這樣還不夠。」

「怎麼說？」

狂三聽了，歪了歪頭表示疑惑。士道猛然豎起一根手指，指向狂三。

「封印妳的靈力，讓妳為過去的罪孽贖罪——並且讓妳過著幸福的生活。這就是我、我們的終極目標。」

「哎呀、哎呀。」

士道說完，狂三彎下身子捧腹大笑。

「呵呵呵，你真是善良呢。不過——很遺憾，我不可能答應。我並非對你所謂的『幸福生活』不感興趣，只是我不能失去靈力。」

狂三將抵在唇上的手指迅速舉向前。

「真是傷腦筋呢，我和你的希望簡直就像平行線。這樣下去，我們的願望都無法實現，只會白白浪費光陰……」

狂三說完，豎起另一隻手的食指，靠近剛才舉起的手指。

「我說，士道。」

狂三露出妖豔的微笑，將兩根手指碰在一起。

宛如——互相親吻一般。

「你不覺得與其讓兩條線永遠無法相交，雙方的希望都落空，不如成就某一方的願望要來得好嗎？

——即使另一方因此失去一切。」

狂三微微歪著頭說道。

「……！」

士道感受到那句話中蘊含的危險氣息，緊張地繃起身體。

片刻後，四周充滿了緊迫的氛圍。

不過，營造出這種氣氛的狂三本人卻獨自嘻嘻嗤笑。

「不要那麼警戒嘛，士道。我不是說過嗎？不會用蠻力搶走你的靈力。」

「……那妳到底想怎麼樣？」

士道露出懷疑的視線詢問後，狂三就像是等待這句話已久似的大大地張開雙手。

「呵呵呵，就按照你的遊戲規則走。」

「咦……？」

「呵呵。」

狂三當場轉了一圈，宛如踏著舞步般用鞋底咚、咚地敲了敲地面。

「——我和你，『誰先讓對方動心，誰就獲勝』……這個方法如何？」

「…………………咦？」

聽見這出乎意料的提案——

士道發出啞然的聲音。

「讓對方動心的人……獲勝？」

「沒錯、沒錯。」

狂三低喃般說著，慢慢走向士道。

「我打算暫時就讀這所學校。如果你能在這段期間讓我愛上你，我就將靈力奉獻給你。

……不、過，要是你先迷戀上我，就算是我贏……到時候，我會好好『享用』你。」

「我說妳啊……明知自己輸掉這場比賽就會死，我怎麼可能承認自己迷戀上妳？這場比賽根本無法成立——」

「——是嗎？」

狂三用妖豔的手勢勾起士道的下巴打斷他。

「我可是……非常有自信喲，能把你迷得神魂顛倒，不惜為我犧牲性命。」

「……！」

聽了狂三自信滿滿的話，士道不禁嚥了一口口水。

狂三呵呵微笑，抬起視線窺探士道的臉龐。

「你沒有讓我成為你愛情俘虜的自信，讓我甚至放棄自己的一切也要選擇你的自信嗎？」

「我……」

心臟「怦通怦通」劇烈地跳動。

現在的士道無法判斷這是來自一旦選擇錯誤就可能致命的恐懼感，還是被眼前少女妖豔的手段迷惑心智所致。

接著，右耳傳來琴里的聲音提醒士道。

『冷靜一點，士道。那個狂三竟然會提出這種條件，未免太奇怪了，背後可能有什麼陰謀。令音，快點分析——』

然而就在那一瞬間，耳麥另一頭響起尖銳的警報聲打斷琴里的聲音。

『怎麼偏偏在這種時候搗亂啊！』

『司令，這個反應是！』

『什……這是……！』

耳麥傳來琴里倉皇失措的聲音後，旋即竄過一陣沙沙的雜音，耳麥便再也聽不見聲響。

「……！」

即使士道輕敲耳麥，也沒有任何反應。

聯絡不上〈佛拉克西納斯〉，就好比在夜晚的大海迷失燈塔一樣。

不過，明明面臨理應是絕境的這種事態，士道內心卻湧起比焦躁和慌張還強烈的奇特情感。

——激昂，以及使命感。

沒錯。因為士道如今得到能打動時崎狂三芳心的機會。

若是以前的士道，肯定會嚇得不敢答應。

若是過去的士道，肯定會難以判斷，不知該如何回答。

可是，如今站在這裡的並非以前的士道、過去的士道。

而是確確實實虜獲十名精靈的芳心，封印她們靈力的男人。

感覺十香、四糸乃、琴里、耶俱矢、夕弦、美九、七罪、折紙、二亞以及六喰都在背後支持著他。

要是現在逃避狂三，就沒有臉面對信賴士道、將靈力託付給士道的她們。

「——我知道了。」

士道猛然用手指指向狂三，揚起嘴角。

「我接受妳的提議。我會讓妳放棄一切，選擇我。」

士道如此回答，狂三便一臉愉悅地加深笑意。

「呵呵呵，呵呵。這樣才是士道，這樣才是我認可的人呀。」

狂三說完，轉了一圈——打趣似的說出開戰宣言：

「好了——開始我們的戰爭(DATE)吧。」

第二章 誰勝誰負

「——唔唔！」

夜晚。玄關的門砰磅一聲敞開，回到家的琴里用力揍了一下士道的心窩。

「好痛！」

完全被攻其不備的士道因為突如其來的衝擊，身體彎成ㄑ字形倒臥在客廳。

「妳、妳幹什麼啊，琴里……！」

「你還敢問！你懂不懂呀！要是輸了，你會死耶！」

「……我知道啊。可是，在那種狀況下——」

琴里哼了一聲，煩躁地亂搔頭髮。

「啊～～真是的，當時只能接受狂三的提議這點小事，我也知道啊。可是，頭腦能理解跟是否能接受是兩回事！你這個蠢蛋哥哥，還是一樣不顧自己的安危……！」

「我、我說妳啊……」

士道臉頰流下汗水，坐起身後，琴里便用大拇指指向她自己。

「嗯。」

「……嗯什麼？到底是怎樣啦？」

「讓你打回來……在你被迫做出決定的局面竟然斷訊，這是協助方不該犯下的錯誤。」

「喂、喂……」

士道露出傷腦筋的表情。琴里有時候會用這種富有男子氣概的方式來解決問題。

這也是琴里的優點，但他總不能真的揍回去。哥哥都是疼愛妹妹的。不過，他有種強烈的感覺，自己如果隨便敷衍過去，琴里恐怕會心懷愧疚。

士道吐了一口氣後，當場站起來面向琴里。

「……沒拿妳沒辦法。妳真的無所謂嗎，琴里？」

「嗯。放馬過來吧。」

琴里張開雙手表示毫無防備。

士道深深吸了一口氣後——

「看我的！」

迅速將雙手插進琴里的腋下，劇烈地蠕動手指。

「什麼！等一下……啊哈，啊哈哈哈哈哈！」

琴里扭動著身軀，發出痛苦的笑聲。士道不斷對倒在沙發上的琴里搔癢，之後拍了拍手。

「呼！到此為止，放過妳吧。」

「太、太奸詐了……真過分……」

士道裝腔作勢地說完，笑累了的琴里奄奄一息地發出微弱的聲音。

就在這時——

「——士道，上門打擾嘍！」

門扉被一把打開，隨後一群少女魚貫走進客廳。

先前回到隔壁公寓和自己家中換衣服的十香和折紙，以及和她們一起前來的四糸乃、七罪、六喰，還有住在市內自家的二亞和美九，甚至連〈拉塔托斯克〉的分析官令音都齊聚一堂。應該是琴里把大家叫來商量今天發生的事情吧。

「……嗯？」

然後，大概是看見士道與琴里在客廳裡的模樣，所有人無不驚訝得瞪大雙眼。

「什麼……琴里淚眼汪汪地發抖，躺在沙發上！」

「……咦，這是怎麼回事？發生什麼事了嗎？」

「啊，沒有啦，這是因為啊……」

士道面對她們，打算向一部分頭腦瞬間開始胡亂猜想的精靈解釋。

然而，琴里卻搶先一步迅速站起來，隨後一把抱住夕弦。順帶一提，站得離琴里最近的人是美九，但琴里卻以華麗的步伐穿過她的身邊。
「嗚嗚嗚！大家……士道他，士道他……！」
接著故意假哭，將臉埋進夕弦的胸口。精靈們看見琴里非比尋常的反應，都露出驚愕的表情，目不轉睛地凝視士道。
「士、士道！你到底對琴里做了什麼！」
「別哭、別哭。琴里，已經沒事了。」
「哎呀，抱歉、抱歉，少年，好像打擾你的好事了？」
「噫噫！」
精靈們各有各的反應。士道不禁發出高八度的聲音回答：
「等、等一下，妳們誤會了！這是……！」
「懷疑。誤會，哪裡誤會了？」
「我是說，琴里說的話——」
就在這時，士道赫然抖了一下肩膀。因為琴里只是說了他的名字，並沒有亂編謊話。
瞬間，緊抱住夕弦不放的琴里瞥了士道一眼，揚起嘴角邪笑。
「！琴里，妳、妳陷害我！」
「你在說什麼！別把責任推給琴里！」

「妳、妳沒事吧，琴里……」

「討厭啦！只對琴里一個人，好詐喔～～！」

「果然是妹妹嗎？妹妹是嗎？還好事先準備好了收養文件。哥哥。」

「怎麼越講越離譜了啊！」

聽見精靈們各自說出不知道是責備、羨慕還是要求的話，士道不由得發出哀號。

——大約十分鐘後，騷動才平息。

忍俊不禁的琴里很快便露出馬腳，向大家解釋來龍去脈。

……順帶一提，在被大家推擠得一塌糊塗時，士道身上穿的衣服少了幾件，直到最後都不知道是誰偷走的。正確來說，嫌疑犯有三個人，但誰都沒有被抓到小辮子。

之後士道才發現原來是三名嫌犯共同策劃，於是稱之為一、二、九事件……不過，這又是另一個故事了。

「……事情就是這樣。」

解釋完畢後，琴里環視在客廳排排坐的精靈們，發現四糸乃和七罪有些緊張地嚥了口水。

不過，這也難怪。因為琴里說的，並非只有他們兄妹倆吵架的事情。

人稱最邪惡的精靈狂三出現在學校。

以及——狂三提出與士道比賽的事。

當然，十香、折紙和八舞姊妹當時人在學校，令音也從〈佛拉克西納斯〉看見當時的情況，所以知道詳細情形，但沒有就讀來禪高中的其他精靈可就不是了。想必是考慮到今後的事，認為應該先向大家說明情況吧。

「妳們好歹注意一下。狂三的目的是精靈的靈力，難保她不會出現在妳們面前。」

「好、好的……」

「……知道了。我不會離開家門。」

看見七罪膽怯地抱著腿，琴里露出苦笑。

「呃，倒不需要足不出戶啦……〈拉塔托斯克〉也會加強警戒。」

於是，坐在她旁邊的少女——六喰輕聲低吟道：

「唔嗯……不過，著實令人費解呢。」

說完可愛地歪了歪頭，她的金色長髮因此撫過沙發表面。前陣子士道幫她稍微修剪了髮尾，儘管如此，她那一頭秀髮仍是精靈當中最長的。

「嗯？什麼事？」

「渴求精靈靈力……這倒無妨。但是，那名喚狂三之人，打算用那些靈力做什麼？總非只是單純想擁有靈力吧?」

「這個嘛……」

聽六喰這麼一說,士道輕聲低吟。

六喰說的沒錯。狂三經過半年以上才又再次出現在士道的面前。曾經與己為敵,也曾經鼎力相助。

不過,士道從未問過她收集靈力想做什麼。

「呵!本宮也並非不能理解她的心態。既然生為精靈,追求最強也是理所當然的事!」

耶俱矢擺出帥氣的姿勢說道。坐在隔壁的夕弦唉聲嘆了一口氣。

「嘆息。要是狂三像耶俱矢那麼單純,就容易理解多了。」

「少、少瞧不起人了!」

「否定。夕弦並沒有瞧不起妳。這世上單純的人最強。Simple is best。也就是說,耶俱矢是最強的。」

「咦,真的嗎!呵、呵呵……!對吧!夕弦真是有眼光啊!」

耶俱矢再次得意洋洋地擺出姿勢。夕弦瞥了士道一眼,對他投以「我說的沒錯吧」的視線。

士道不知該如何回應,只好露出含糊的苦笑敷衍過去。

就在這時,士道發現了一件事。

平常總是愛開玩笑、跑來搭話的二亞，現在卻像在思考什麼事情似的一臉嚴肅。

「……？二亞，妳怎麼了？吃壞肚子了嗎？」

「沒錯、沒錯，我今天早上撿了掉在路上的糖果……喂！」

二亞猛然揮了一下手掌如此吐槽。士道吐出安心的氣息。

「太好了，二亞跟平常一樣。」

「少年，你這是什麼意思啊～～？」

二亞瞇起眼睛不滿地說道。士道垂下頭說：「沒有啦，不小心就說出口了……」

「是無所謂啦。不過，我倒是對那個三三的目的有一點頭緒喔～～」

「……！什麼……！」

琴里聽了二亞說的話，露出驚愕的表情。二亞一副理所當然的樣子聳了聳肩。

「會嚇到也是應該的吧。抱歉、抱歉，我並不是故意隱瞞……」

「二亞，妳叫狂三『三三』嗎……！」

「竟然是對這一點驚訝喔！」

二亞再次吐槽。士道不禁拍起手來。

「啊～～真是的，連妹妹都這樣！五河兄妹對我的印象到底是怎樣啊～～！」

二亞不服地嘟起嘴。士道苦笑著與琴里對視。

「因為……」

「對吧……」

「真是的！」

二亞做出漫畫般氣呼呼的動作揮動著手。琴里出聲安撫她的情緒。

「對不起啦……回歸正題，妳說的是真的嗎？妳知道狂三的目的？是妳擁有完全狀態的〈囁告篇帙（Rasiel）〉時調查的嗎？」

「嗯……這個嘛，算是答對一半吧。」

二亞乾咳了幾聲重振精神後，繼續說：

「我記得是在被少年封印靈力之前吧……我待在自己的房間，影子裡突然冒出一名黑色的精靈。」

「！二亞，妳見過狂三嗎？」

「不過，聽妳這麼說，似乎不像是偶然呢。到底是為了什麼……」

士道和琴里發出驚愕的聲音，二亞便張開掌心像是要兩人冷靜，繼續說：

「她好像是想用我的〈囁告篇帙〉調查事情。哎呀，其實我本來想斷然拒絕她，但我查了一下她的天使，好像超強的。我心想根本打不過她，就乖乖幫她調查了。抱歉，我太窩囊了。」

「……不會，妳的判斷很明智。所以，狂三到底想知道什麼事？」

琴里問完，二亞便推了推眼鏡回答：

「——關於初始精靈的情報。」

「初始……」

「精靈……？」

精靈們聽了二亞說的，頭上浮現問號歪了歪頭。

「嗯。據說是三十年前，出現在這個世界上的第一個精靈。三三好像想知道她出現的正確位置、時間和能力。

——為了……殺掉那傢伙。」

「什麼……」

士道聽見二亞口中吐出的危險消息，不禁皺起眉頭。

「殺掉……初始精靈嗎？那就是狂三的目的嗎？」

「至少在我所知的範圍是這樣。不過，我不知道她為什麼想殺初始精靈就是了。」

二亞搔了搔臉頰，呢喃道：「因為我當時壓根沒想到〈囁告篇帙〉會被人搶走啊～～」

於是，琴里將拆開包裝的加倍佳棒棒糖塞進嘴裡，上下動著糖果棒，苦著一張臉。

「殺死初始精靈啊……不過，想知道初始精靈的能力我還能理解，連她出現在這個世界的位置跟時間都想知道，是為什麼……」

「——為了在三十年前的時間點，『抹消』那個精靈的存在。」

折紙如此說了回答琴里的低喃。琴里一臉驚訝地抬起頭。

「咦？妳知道什麼內情嗎？」

「那倒不是。只是，我在以前——『先前的世界』投靠狂三時，她曾經這麼說過。」

折紙語氣平靜地如此說道。

沒錯。折紙曾為了拯救自己的父母逃離死亡的命運，利用狂三的天使〈刻刻帝〉回到過去。

「這樣啊……只要利用狂三的天使〈刻刻帝〉，就能穿越時間。所以她才需要士道至今所封印的靈力，然後，殺死三十年前出現的初始精靈，將這個事實從歷史上抹去……」

說到這裡，琴里表情凝重，胡亂搔了搔頭。

「啊～～真是的，又搞不懂了。狂三渴求靈力是為了使用回到過去的子彈……目的是殺死初始精靈？到底為什麼要這樣做？」

「無論是為了什麼，我們所想的都只是猜測。在情報不多的階段深入追究的話，很危險。就算不明白她的動機，也已經是一大進步了。」

折紙直視琴里的眼睛，淡淡說道。琴里嘆了口氣，點點頭。

「……說的也是。謝謝妳的忠告。」

琴里深呼吸平靜思緒後，用指尖敲了敲自己的額頭。

「不過，為了與狂三較量，必須盡早找出她的動機才行。對方清楚我們的目的，而我們卻搞不清對方的企圖，實在太不利了吧。」

「唔……」

士道聽了琴里說的話，冒出汗水。

沒錯。在誰先迷戀上對方誰就輸的這場比賽中，知道對方的需求是強力的優勢。以現在的狀況來比喻，就好比全身赤裸迎戰身穿鎧甲的狂三一樣。

士道再次自覺輕率，露出苦澀的表情。

或許是看見士道的臉色，琴里聳了聳肩。

「不要露出一副淋雨的吉娃娃的表情啦。剛才也說過了吧，在那種情況下只能接受狂三的提議。就算我們沒有斷訊，結果也不會有什麼改變。來討論接下來的對策吧。」

「嗯，好……」

士道聽了，點頭答應。

然後拍了拍臉頰重振精神——事到如今才一臉不安，還反過來讓妹妹安慰，自己這個哥哥真是丟臉。

這時，剛才琴里說的話令士道想起了一件事。

「啊……對了，琴里，當時到底為什麼會斷訊啊？我聽你們那邊好像很慌張的樣子，一直很擔心……」

「喔喔……」

琴里有些苦惱地盤起胳膊。

「對喔，我還沒告訴你呢……〈佛拉克西納斯〉的雷達發生了一些奇怪的反應。」

「奇怪的反應？」

「嗯。說來難以置信……」

「——由我來說明吧。」

後方傳來這樣的聲音打斷琴里。

士道循聲望去——看見站在那裡的人物後，瞪大了雙眼。

那是一名身高與琴里差不多的少女，一頭馬尾，還有淚痣。而她的身體到處貼滿了貼布和OK繃。

「真那！」

沒錯。站在那裡的就是自稱士道親生妹妹的少女，崇宮真那。

「妳是什麼時候來的……話說，妳那身傷是怎麼回事！還好嗎？」

「沒什麼大不了的，只是擦傷。」

真那笑著揮了揮手，琴里便一臉不悅地瞪著她。

「我說妳啊……我不是要妳進去醫療艙治療嗎？」
「啊哈哈……抱歉，說完我就回去。我有些事……想跟兄長他們說。」
真那突然斂起臉上的笑容，眼神認真地凝視士道等人。
「有事想說……？」
「沒錯。在你們跟〈夢魘〉——時崎狂三交談時所發生的事情。」
真那如此說完，找了個空位坐下，開始訴說。
——說艾蓮·梅瑟斯現身，目標是士道。
還有她召喚了無數少女的事。
「什麼……」
聽見出乎意料的情報，士道屏住了呼吸。
不，不只士道，在場的精靈們無不露出吃驚的表情。
「竟、竟然……」
「發生了這種事情啊……」
「唔……背地裡拯救大家脫離危機……可惡，好酷啊。我也想那麼做。」
「可是，艾蓮召喚的女孩子究竟是……」
士道說完，真那便緩緩搖了搖頭。

「不知道。不過，除了〈夢魇〉之外，我還是第一次見到那麼多同樣臉孔的少女。唯一能確定的是，她們並非真實的存在吧。」

真那聳聳肩，像是在表達舉雙手投降。

不過，琴里再次對真那提出疑問。

「——所以呢？這些事我也知道啊。妳該不會是來說這種事情的吧？雖然妳個性像士道一樣莽撞，但也沒有蠢到分不清必要不必要吧。」

琴里說完，真那提起嘴角笑道：

「能得到妳的稱讚是我的光榮——事實上，妳說的沒錯，我還有一件事還沒對妳說過。」

「——為什麼妳能預測到艾蓮的襲擊計畫，對吧？」

琴里微微瞇起眼睛說完，真那便點頭回答：「真聰明。」

「……？怎麼回事？不是琴里拜託真那護衛的嗎？」

「怎麼可能啊？要是知道DEM計劃襲擊，一定會事先告訴士道他們……更何況，我也不會吩咐靜養狀態的真那負責應付——因為她救了我們，我才睜一隻眼閉一隻眼，要不然我本來是要揍她一頓的。」

琴里狠狠瞪向真那。真那「啊哈哈」地以笑帶過。

「好了、好了，先別管這件事。我的確事前得知了艾蓮的襲擊計畫，從執行時刻到艾蓮現身的正確座標都知道得一清二楚。」
「怪就怪在這裡啊。艾蓮當時是處於完全隱形的狀態，除非她開始戰鬥，否則連〈佛拉克西納斯〉的雷達都感應不到她。真那，妳到底是怎麼知道這些事的？」
琴里如此詢問，真那輕輕吐了一口氣。
「理由很簡單。是有人告訴我的。」
「有人告訴妳？誰？」
「──〈夢魘〉，時崎狂三。」
「什麼……？」
士道聽了，不禁目瞪口呆。
「等、等一下，妳說是狂三告訴妳的，這是怎麼回事？」
「你這麼問，我也不知道該怎麼回答。就是字面上的意思──昨天，那個女人突然出現在我的房間，我以為她是趁我熟睡時來襲擊我，我就二話不說把她的頭給砍了下來……」
「…………」
真那若無其事地說出駭人的事。雖說她與對方過往有些糾葛，仍舊是個血氣方剛的少女。
不過，真那不怎麼在意的樣子，接著說：
「然後，不知道砍了幾個分身，又有分身冒出來說有話想跟我說。我心想讓她說幾句遺言也無妨，便將刀刃抵在她的脖子上，讓她說出口——」

「結果她就說出了艾蓮的襲擊計畫？」

「沒錯。」

真那大大地點了點頭。琴里苦著一張臉，冷眼望向真那。

「……所以，冰雪聰明的真那小姐，為什麼這件事瞞著我瞞到現在？」

「唔！」

真那抖了一下肩膀，乾笑著回答：

「沒有啦，琴里，我不是刻意隱瞞的。況且，那個女人說的話能相信嗎？」

「可是妳不就是相信了狂三的話，才會到那個地方去嗎？」

「不算是……我以為她肯定設了什麼陷阱……要是告訴妳，妳肯定不會讓我去吧……」

「哦？妳很清楚嘛。這件事，待會兒我們好～～好～～地聊一聊吧。」

「唔！我老毛病突然犯了……」

真那按住胸口，搖搖晃晃地倒在地上。

不過，琴里一點兒也不擔心地揮了揮手。

「啊～～是喔、是喔，真是糟糕啊。這次得送到更嚴厲的醫療機構才行呢。」

「唔……！啊，果然是心理作用，沒事了。」

真那若無其事地坐起身來。

琴里嘆了一口氣，望向她後，重新打起精神般抬起頭。

「總之，現在狂三的問題比較重要。」

「是啊，狂三究竟為什麼要告訴真那艾蓮的襲擊計畫呢？說起來，她又是怎麼得知那個消息的……」

士道說完，折紙微微抬起頭。

「提供艾蓮的襲擊消息，只是單純希望真那去阻止吧？時崎狂三想得到士道的靈力，被DEM搶走，她也會不甘心吧。她經常使用無數的分身進行諜報活動，在過程中得知DEM的襲擊計畫也不足為奇。」

折紙淡淡地回答。士道將手抵在下巴，輕聲低吟。

「唔……應該是這樣……沒錯吧。」

「你有什麼疑問嗎？」

「啊……沒有，並不是這樣……」

士道回答得模稜兩可。

折紙所說的確實有道理。

但不知為何，士道腦海裡閃過狂三今天露出的表情。那一瞬間，一種奇怪的不協調感打斷了士道的思考。

不過，只憑這種含糊不清的理由造成大家混亂也不好。於是，士道輕輕甩了甩頭。

「不，沒事。總之，先為明天做準備吧。」

「是啊。我們也會繼續調查，最重要的課題在於，士道你要避免被狂三牽著鼻子走——給我繃緊神經了。」

「嗯嗯……我知道。」

狂三身上還有太多未解之謎，要說有十足的把握贏得這場比賽是騙人的。

不過，只要士道獲勝，就能封印她的靈力。

士道點點頭，讓自己的心平靜下來。

◇

然而，隔天早上。

「什麼……！」

花了一個晚上小心培養出的平常心很快便瓦解了。

不過，這也無可厚非。畢竟……

「——呵呵呵，早安呀，士道。真是清爽的早晨呢。」

就在士道打開玄關的門準備去上學時，身穿黑色大衣的狂三露出燦爛的笑容在等他。

「狂、狂三……！」

「是的、是的。士道，你怎麼露出那種表情呢？」

狂三開懷地嘻嘻嗤笑。士道抖了一下肩膀，深深呼吸一口氣好讓心跳平緩下來。昨天誇下了海口，如果馬上就驚慌失措，那可就太丟臉了。

「沒有啦……我當然會嚇到啊。妳怎麼會在這種地方？」

「哎呀、哎呀。同班同學一起上學，有那麼好大驚小怪的嗎？」

「……也是。沒什麼好大驚小怪的。」

士道臉頰流下汗水，如此回答。

沒錯，沒什麼好大驚小怪的。與狂三之間的比賽已經展開，疏忽大意的士道反倒必須反省自己。

不過，怎麼能屈居下風？士道露出狂妄的笑容開口：

「妳竟然特地來等我上學……莫非是對我有意思？」

「呵呵呵，你說呢？」

狂三玩味地如此說完，踏著輕快的步伐走近士道，挽起他的手。

然後貼緊他的身體。事出突然，士道慌亂得眼珠子直打轉。

「——！」

「好了，我們走吧。」

狂三就這麼半強迫地拖著士道前進。

不過，不能繼續讓她這樣牽著鼻子走。士道將空著的那一隻手偷偷伸進口袋，拿出裡面的小型耳麥塞進耳朵。

同時打開耳麥的開關，數秒後，傳來聲音。

『……嗯，遇到什麼麻煩了嗎，小士？』

帶點睏倦的聲音以及特殊的稱呼方式。無庸置疑是令音。

光是有人能從上俯瞰狀況，在旁協助，就令士道的內心沉著了不少。他吐了一口氣，避免被狂三察覺，輕聲回答：

「……不好意思，令音，事態緊急。」

『……——是狂三嗎？』

令音隨後便推測出狀況。士道一語不發，表示肯定。

『……沒想到她那麼快就出擊了，我馬上叫琴里過來。你現在先配合她吧。保持沉默也不是個好方法。』

這個耳麥設計成沒有特別指定通訊方時，會自動聯繫飄浮在天宮市上空的空中艦艇〈佛拉克西納斯〉的艦橋。士道撥出的通訊大多由司令官琴里接聽，不過，士道比誰都清楚琴里目前在五河家。

士道嚥了一口口水表示了解，再次與狂三交談。

「──話說回來，今天還是很冷呢。也是啦，畢竟是二月嘛。」

「是呀、是呀。不過，只要這麼做就會很溫暖喲。」

狂三說完，將身體貼得更緊密。

「……！」

士道全身僵硬，走路方式必然像機器人一樣不自然。

不過，這也是理所當然的事。

狂三的確很可怕，是過去吃了好幾個人，名副其實的「最邪惡」精靈。

不過，撇開這一點不談──她實在太楚楚可憐了。

不僅擁有潤澤的黑髮、光滑的肌膚、以此構成的端整容姿。

她瞬間飄散出的微微芳香；感覺一碰就會折斷，虛幻的手指觸感；甚至是一舉手一投足，都對士道身為男人的本能造成強烈的刺激。

「唔唔……」

『……小士，冷靜一點。你的心跳越來越快了。』

令音說的沒錯，放任這種情緒繼續下去，只會步向毀滅。士道在腦海裡靠印象唸誦般若心經，好讓心情平靜下來。

然而——

「……呼……！」

「噫呼……！」

狂三冷不防在士道耳邊吹氣。這出乎意料的感觸令士道不禁發出叫聲。

「哎呀、哎呀。」

或許是覺得士道的反應很有趣，狂三開懷大笑。

「士道真是的，發出那麼可愛的聲音。」

「我說妳啊……」

總覺得被她玩弄在股掌之間。

不能繼續這樣下去。士道乾咳了幾聲，打算從頭來過。

不過就在這個時候，狂三又將士道拉了過去，然後朝與平常的路徑完全相反的方向前進。

「喂，狂三，妳要去哪裡啊？」

「呵呵呵，離上課時間還早，稍微繞個遠路有什麼關係呢？」

「啥……？妳在說什麼……」

士道一邊說一邊輕敲耳麥，請求指示。

片刻過後，耳麥傳來有別於令音的其他聲音。

『——先順著狂三的意吧。陷入危險時，我們會出面協助。』

熟悉的聲音。是琴里。看來她從五河家趕往〈佛拉克西納斯〉了。

士道微微點了點頭，對狂三和琴里雙方表示了解。

「……好啊，偶爾繞個遠路也不錯。妳有什麼想去的地方嗎？」

「沒有。只是想和你相處久一點而已。」

「哈哈……真會討人歡心。」

士道笑著如此說完，陷入思考。

這樣下去只是屈於防守。有沒有什麼辦法能夠打破狂三那從容不迫的態度——

就在這時，士道「啊」地發出了短促的聲音。

「對了。那妳可以陪我一下嗎？有個地方我想讓妳看看。」

「……哦？」

狂三聽了瞇起雙眼，宛如覺得士道的反擊很有意思。

「真是令人期待呢。呵呵呵，那就麻煩你帶我去嘍。」

「好。那我們走吧。」

「好的。」

狂三回以笑容。士道就這麼被狂三挽著手臂，邁步前進。

前進了幾分鐘後，轉進一個小巷子。

於是下一瞬間，士道的手臂傳來微微抖了一下的感覺。

「士道，這裡是？」

狂三看著擴展在眼前的光景，發出略微顫抖的聲音。

不過，也難怪她會有這種反應。因為這條小巷裡聚集了好多各式各樣的貓咪。

沒錯。比起其他精靈，狂三的資訊比較少，但是——唯一確定的是，她喜歡動物（尤其是貓咪）。

「喔喔，是我不久前偶然發現的。這附近的野貓好像經常會聚在這裡——狂三，妳喜歡貓咪對吧？」

「才、才沒有呢。」

狂三有些逞強地說了。士道瞥了一眼她的臉龐，發現她的雙頰微微染上了紅暈。

反應好得出乎意料。士道避免驚動到貓，慢慢走向牠們後，就這麼蹲下來，溫柔地撫摸虎斑貓蜷縮的背。

「妳看，牠們好像還滿親人的喔。妳也來摸摸看如何？」
「……！既然你無論如何都希望我摸，我也只好恭敬不如從命了。」
狂三一臉開心，像是等這句話等很久了，接著坐到士道旁邊，朝虎斑貓伸出手。
不過就在狂三的手快碰到虎斑貓時，牠警戒般赫然抬起頭。
於是，狂三做出連士道也預想不到的舉動。
「沒事的，別害怕。喵～」
她竟然發出撒嬌的娃娃音如此說道，接著伸出手指，像逗貓棒一樣不停搖晃。
「……唔喔？」
士道不由得露出驚愕的表情。儘管早就知道狂三喜歡貓，但他萬萬沒想到那個狂三會發出這種聲音。
「喵～喵～～」
狂三絲毫沒發現士道的反應，慢慢將指尖靠近貓咪。
不過，虎斑貓疑惑地看著狂三，就這麼迅速站起身，跑走了。
「啊……」
狂三一臉震驚，望向虎斑貓離去的方向。
士道看見她平常難得露出的逗趣表情，雖然覺得有些可憐，還是輕聲笑了笑。

「……！」

於是，狂三發現之後突然一臉難為情地屏住呼吸。

「有、有什麼好笑的呀，士道？」

「沒有啦……哈哈，抱歉，我不是故意的。」

士道綻放笑容說完，狂三一臉不滿地嘟起嘴脣。

這樣的表情也非常可愛，不過，他本來就沒有打算惹狂三不高興。士道指向其他仍蜷縮在地上的貓。

「妳看，還有其他貓咪，要不要摸摸看？」

「不用了，我又沒有那麼想摸。反正最後還不是會跑走。」

狂三賭氣地說。士道苦笑著安撫狂三。

「別這麼說，摸一下嘛。這次一定沒問題。喵～～」

「……！」

士道模仿狂三剛才的舉動如此說完，狂三便瞬間羞紅了臉頰。

接著憤恨地望著士道，像是想到什麼主意似的瞇起雙眼。

「……說的也是。那我就——」

狂三說著，臉上浮現戲謔的笑容，搔弄士道的喉嚨。

「唔噫！」

「呵呵呵，真的耶。這次的貓咪好乖巧呀。」

「我、我說妳啊……」

面對突然的攻擊，士道羞紅著臉頰回答，狂三便呵呵輕笑，這次換撫摸士道的頭。

「呵呵呵，好乖喲。來吧，像剛才那樣叫吧。喵～～？」

「……唔唔。喵、喵——」

由於剛才保證過這次一定能順利摸到貓咪，所以士道也不好揮開狂三的手，只好暫時讓看起來開心無比的狂三撫摸。

——士道和狂三在約二十分鐘後抵達學校。上課鈴聲就快要響起。

「士道！」

「士道。」

一走進教室，先到學校的十香和折紙有些慌張地大聲叫他。士道微微舉起手回答：

「喔喔，十香、折紙，早啊。」

「嗯，早安……不對啦，你還好嗎，士道？我很擔心你耶！」

十香皺起眉頭說了。

不過，這也無可厚非。因為住在五河家隔壁公寓的十香總是和士道一起上學。在這種狀況下，早上不見士道走出家門，也難怪會擔心吧。

不過，正當士道打算道歉時，折紙搶先一步開口：

「今天早上，二丁目的十字路口發生了車禍。因為你遲遲沒來上學，我們擔心你是不是受那場意外牽連了。」

「咦……？」

士道十分熟悉那個十字路口，因為每天早上都會經過那裡去上學。

然而，士道直到現在才得知那裡發生了車禍。

並不是因為士道經過那裡之後才發生車禍，而是更單純地只是他今天早上沒有經過那條路的關係。因為——

「——呵呵呵，早安呀，十香、折紙。」

那一瞬間，士道的後方傳來狂三的聲音。十香和折紙的表情染上警戒之色。

「唔……狂三。」

「果然是妳幹的好事。」

「怎麼把人家說得那麼難聽呢？我只是跟士道一起來上學而已呀。有什麼問題嗎？」

狂三淡然回應兩人凶狠的視線。班上同學見狀，紛紛竊竊私語：「是感情糾紛嗎……」「是感情糾紛啊……」

「好了，老師差不多要來了。呵呵呵——今天也一樣期待接下來這一整天呢，士道。」

狂三以可愛的姿勢如此說完，走向自己的座位。

「…………」

士道一語不發地目送她的背影。

並沒有什麼意義。

只是，該怎麼說呢？

感覺狂三慢步的背影散發出一種奇特的氛圍。

「唔……？士道，你怎麼了？」

「！啊……沒有。」

十香突然對士道說話，令他微微抖了一下肩膀。

「沒什麼……狂三說的沒錯，回座位坐好吧。」

說完，士道將書包放到桌上。

十香納悶地歪了歪頭。沒多久，老師走進教室，她便乖乖地回到自己的座位。

◇

「嘻嘻嘻。」

「嘻嘻嘻。」

「怎麼樣啊，『我』？」

「沒問題、沒問題。我這邊按照『預定』在進行。」

「第一百九十三號的『我』呢？」

「聯絡中斷了。」

「恐怕已經……」

「哎呀、哎呀。」

「第兩百三十八號的『我』呢？」

「那邊也一樣。」

「就在剛才。」

「哎呀、哎呀、哎呀。」

「真傷心。」

「真可悲。」

「真無情。」

「真無常。」

「是呀、是呀，可是……」

「沒錯、沒錯，沒有時間停下腳步。」

「差不多該進行『預定』的下一步了。」

「那麼，走吧。」

「好的、好的。」

「路上小心呀，『我』。」

「總有一天再相會吧。」

「好的、好的。」

「早晚在黃泉路上相會。」

「早晚在地獄相會。」

◇

表示第四堂課下課的鐘聲響遍整個校舍。

「…………」

聽見鐘聲後，士道充滿幹勁似的握起拳頭。

那是當然。因為第四堂課結束，就等於午休開始。

換言之，那道鐘聲無非是表示午餐時間來臨。

與狂三的互撩之戰從昨天開始。雖然早上被攻其不備，但士道真正要大展身手的時刻原本就是這午休時間。

他收起教科書，從書包拿出他的武器——便當盒。

接著，像事先約定好的一樣，眼角餘光出現了一道人影——是狂三。

「呵呵呵。我說，士道，方便的話，一起吃午餐吧？」

說完，她展示手上的便當袋，莞爾一笑。不過，她那爽朗的笑容明顯散發著危險的氣息。

看來狂三也跟士道有同樣的想法。

不過，士道並非沒有對策。儘管有些緊張，他還是站起來回應狂三。

「當然好啊。不要在這裡吃。難得和妳一起吃飯，不如去頂樓吃吧。」
「好呀，十分樂意。」
狂三面帶笑容點頭答應後，望向坐在士道旁邊，眼神充滿警戒的十香和折紙。
「——十香和折紙要不要一起去呢？也邀請耶俱矢和夕弦吧。要是像昨天一樣貼在門上也很麻煩。」
「什麼……！」
「……！」
狂三嘻嘻嗤笑道。於是，十香和折紙各自做出反應。
士道一時半刻還不明白狂三在說些什麼——但他立刻就意會過來。
「十香、折紙，妳們該不會……」
「………」
士道說完，兩人一臉尷尬地挪開視線……看來昨天士道和狂三說話的時候，兩人在門的另一邊偷聽。
當時佯裝帥氣地離開，似乎還是讓她們擔心了。士道苦笑著道謝：「謝謝妳們。」
「……反正先走吧。我不想浪費寶貴的午休時間。」
「說的也是呢。」

士道和狂三彼此點點頭，不約而同踏出腳步。十香和折紙則是跟在他們身後。

接著去隔壁班找耶俱矢和夕弦，一起走上樓梯前往頂樓。

不同於昨日，舒服的陽光照射著頂樓。士道伸展了一下身體，走向欄杆，在長椅上慢慢坐了下來。

然後與坐在隔壁的狂三對看，並打開便當蓋。

「……什麼！」

狂三看見便當盒的內容，悄悄屏息。

不過，這也無可厚非吧。因為士道今天的便當是特製的貓咪卡通便當，裡頭裝滿了一口大小的貓型飯糰。

「嗯？狂三，怎麼啦？我的便當有什麼問題嗎？」

「……沒有，只是覺得你的便當還真是可愛。」

狂三臉頰微微泛紅，視線有些游移不定——用一句話來形容，就是一副心癢難耐的樣子。

不出所料的反應。士道立刻點燃戰火。

「哈哈，謝謝誇獎——『我做了很多，妳也吃一口看看如何』？」

「……！」

或許是察覺到士道的意圖，狂三抽動了一下眉毛。

這個貓咪卡通便當講究的不只是外型，就連味道也包含了士道的手藝和創意，別出新裁。

沒錯。士道至今接觸過十名精靈，與之對話，然後封印她們的靈力。

從中得到的經驗就是，雖然每個精靈的攻略方式和觸動心弦的重點各不相同，但幾乎百發百中的便是「抓住胃」這一招。

美味的食物能令對方卸下心防。當然，士道並不認為光憑這一招就能籠絡狂三，但對手是固若金湯的狂三城，能讓那堅固的城門裂開一條隙縫已經是十足的成果了。

「…………」

狂三緩緩吐了一口氣，像是在抑制興奮之情，然後莞爾一笑。

「好呀……那我就承蒙你的好意了。不過，光是吃你的也不好意思呢。」

狂三如此說完後，打開自己的便當盒。

「我們交換菜色吃怎麼樣……？」

「……！」

士道望向狂三的便當盒，這次換他屏住了呼吸。

分成小份的飯，以及紅、黃、綠平均分配、色彩豐富的配菜。菜色本身很正統，但士道看得出來每一個細節都下過功夫。

看完後，士道確信不只有自己一人磨利「劍刃」來「刺殺」對方。

「呵……」

「……呵呵呵。」

士道和狂三不約而同地笑了出來。

或許是看見兩人的反應，其他精靈臉頰流下汗水。

「唔、唔……他們兩個到底怎麼了啊？」

「正在進行激烈的攻防戰。」

「是高手之間在互相判斷對方的能力……！我在漫畫看過！」

「理解。感覺能看見強烈的靈氣。」

十香等人可能是不想打擾到士道他們，壓低聲音說了。

士道揚起嘴角，將裝滿貓咪的便當盒遞給狂三。

「來——請用吧。」

士道露出自信從容的笑容，遞出便當盒。

那股詭異的壓力令狂三嚥了一口口水。

——想不到他會用這種方式展開攻勢。狂三似乎有點小看了士道。

不過，這時怎麼可以示弱？狂三佯裝平靜地慢慢伸出手。

「好的，那我就不客氣了。」

然而——狂三卻在快要碰到便當盒時停下動作。

這也難怪。因為便當盒裡聚集了亮晶晶的米飯令人眩目的白貓、表面覆蓋了海苔的黑貓，以及柴魚片花貓等各式各樣的貓咪，正向她喵喵叫表示「吃我、吃我」。要從當中選出一隻來吃，她怎麼可能做出如此殘忍的行為？

「唔……！」

「嗯？怎麼了？妳不吃嗎？」

士道歪頭問道。

他的話語和表情十分平常，但看在現在的狂三眼裡，他就像露出邪惡笑容的壞人，而且感覺他背後的空間還冒出各種品種的貓咪臉孔喵喵叫的幻覺。

絕對不能在這裡投降。狂三下定決心，拿起黑貓飯糰。

「……我、我吃這個。」

「……！」

然後仔細端詳黑貓可愛的臉蛋，一口氣扔進嘴裡。

——衝擊。

狂三早已透過分身調查得知士道喜歡做菜。不過，她沒想到士道的廚藝如此了得。

芳醇的海苔香從內側刺激著鼻腔。下一瞬間，剛才保持形狀的米飯宛如虛幻一般，整個在嘴裡散開。狂三的腦海裡浮現身陷貓咪堆中被擠來擠去的畫面。啊哈哈哈哈。呵呵呵呵呵。

但是，不只如此。在米飯散開的瞬間，隱藏在飯裡頭的真正主角——鮮嫩多汁的肉丸子就此現身。

原本一口大小的飯糰裡還包著肉丸子的巧妙之處；考慮到與米飯之間的平衡，調味得恰到好處的濃厚照燒醬的波狀攻擊。有如被無數隻貓咪柔軟的肉球攻擊的快感令狂三扭動起身軀。

「啊啊……！」

感覺連自己無法觸及的身體內側——口腔、鼻腔、食道、胃都受到了撫慰。狂三按著暈眩的腦袋，勉強綻放出笑容。

「不——愧是士道呢，非常好吃。」

「這樣啊，那真是太好了。妳喜歡就好。」

士道莞爾一笑。

不過——接下來輪到狂三了。狂三拿起筷子，夾起一塊炸雞塊遞給士道。

「——來，士道，嘴巴張開。」

狂三如此說著，將炸雞塊遞給士道。

「唔……！」

這個舉動帶來的破壞力令士道不禁僵住身體。

沒錯，這是互撩大作戰。誰先迷戀上對方誰就輸的比賽。

既然如此，當然不是只靠菜色的美觀定勝負，怎麼讓對方吃也是一個重點。

從這一點來說，狂三採取的手段既合理又有效。沒有一個男高中生會討厭可愛的女生餵自己吃東西，這是巧妙利用自己優勢的高招。

「哎呀，你怎麼了呀，士道？」

「沒事……我不客氣了。」

士道擦拭臉頰流下的汗水，把嘴巴張得大大的，嚼著狂三的炸雞塊。

「……！」

瞬間，一股電流通過般的感覺侵襲士道全身。

——好好吃。使用品質優良的雞肉自然不用說，處理方式周到，下油鍋的方法也無可挑剔。

從底味是用生薑而非大蒜來調味這一點，可以感受到她的少女心，更加分。

不過，這塊炸雞塊真正的價值不只如此。

腦海裡浮現早晨廚房的畫面。在制服外面圍著圍裙，捲起襯衫袖子的狂三開心做菜的姿態歷歷在目。

或許狂三的目的確實是士道體內的靈力，但也無法抹殺她真心為士道做便當的事實。那份為對方著想的用心化為細膩的調理過程，呈現出這樣的美味。

由於士道自己會做菜，鮮少有機會吃到別人親手做的料理，這一招很可能會直搗黃龍。

「呵呵呵，怎麼樣呀，士道？」

「……！」

士道聽見狂三發問，赫然抖了一下肩膀，擦拭盈眶的眼淚，勉強恢復笑容。

「……嗯，很好吃。好吃得我都快掉淚了。」

「哎呀、哎呀，你太誇張了吧。」

狂三優雅地輕聲笑道。

不過，大概是發現士道眼裡燃起的火焰尚未熄滅，她立刻轉為自信從容的笑顏。

「…………」

「…………」

士道與狂三像是在估算時機般交會眼神，數秒後，兩人同時展開行動。

「要再吃一個嗎？」

「煎蛋捲也很好吃喲。」

彷彿聽見「鏗！」的一聲，白刃相接的錯覺。士道與狂三兩人臉頰流下汗水，揚起嘴角後，再次同時舉起便當盒。

「喔……喔喔，雖然搞不太清楚狀況，但感覺正在看一場激烈的對決呢……！」

「十香，往後退。被牽扯進去就危險了。」

折紙抓住十香的肩膀予以警告。接著，耶俱矢發出「唔……」的聲音，有些不甘心地握緊拳頭。

「搞什麼啊，兩人做出那麼帥氣的事……！夕弦！我們也來比賽！」

「回答。我接受——這個如何？剛才在福利社買來的咖哩麵包。」

「啊嗯……嗯，還滿好吃的——那我就拿出紅勝血（草莓果醬）麵包！」

「咀嚼……還滿好吃的。」

八舞姊妹一副分辨不出好壞的樣子，一起歪了歪頭。

這段期間，士道和狂三依然持續交戰。士道祭出柴魚片花貓，狂三便回以涼拌菠菜。

「唔……這個柴魚片的調味……不只是單純的醬油呢……！」

「妳也是，不只加了海苔，還加了鮪魚一起涼拌……！」

「呵呵呵……這時來點這種東西如何？」

「……！保溫瓶裡竟然裝了味噌湯……！」

就這樣經過約三十分鐘的攻防戰後，兩人的便當盒都不知不覺清空了。

「呼……！呼……！」

「呵呵呵，呵呵……」

兩人有如老派的動作明星，用大拇指撫過自己的臉頰取下黏在上頭的飯粒，再用舌頭舔掉。

「今天算是——平手吧。」

「呼……是啊。」

接著，士道和狂三又同時「啪！」的一聲雙手合十，微微低下頭說：「我吃飽了。」

位於他們身旁的精靈們見狀，都「喔喔……！」地鼓掌。

「……哎呀？」

就在這時，狂三像是發現什麼事情而動了動眉毛，露出妖魅的微笑，快速縮短兩人的距離。

「士道……」

「什、什麼事……？」

「你先不要動。」

士道僵住身體，狂三便慢慢將臉湊近。

肌理細緻的皮膚充滿整個視野，微甜的芳香刺激鼻腔。每當狂三的氣息撫過脖子，士道都有種電流流過腦幹的感覺。

「咦……妳、妳要……」

狂三突如其來的行動令士道頭上充滿問號——她到底想幹嘛？該不會想在這種時候接吻吧？

當然，士道的目的也是如此，沒有理由拒絕。不過，在沒有迷戀上自己的狀態下接吻，也無法封印靈力。對手是狂三。士道自認經驗老道，但總不可能只靠一個便當就攻下她的芳心吧？換句話說，這是完全無效的吻，不過反過來說，也是非常純粹的吻，士道不知道究竟該怎麼擋下這個吻才好。而在這段期間，狂三看似柔軟的脣瓣越來越靠近——

下一瞬間，狂三的舌頭舔了一下士道的臉頰。

「噫……！」

出乎意料的觸感，令士道發出驚愕的聲音。

「呵呵，士道，你這邊的臉頰也有黏到飯粒喲。」

狂三呵呵微笑，舔著自己的嘴脣。士道將眼睛瞪得圓滾滾的，觸摸剛才有搔癢觸感的臉頰。

「咦……？真的假的，騙人的吧……？」

士道羞紅著臉觸摸臉頰。他只顧著沉浸在便當攻防戰中，萬萬沒想到自己兩邊的臉頰都黏上了飯粒。

於是，狂三嘻嘻嗤笑。

「哎呀，居然被你識破了呀。」

「……喂。」

聽見狂三愉悅的話語，士道不禁賞了她一個白眼……看來她只是為了讓士道內心產生動搖，才舔了他的臉頰。

「……！」

狂三興味盎然地看著士道的反應，然後表現出現在才發現其他精靈的樣子，望向她們。

「呵呵呵，各位，妳們這是怎麼了？一直盯著人家看，人家會害羞的。」

「誰、誰在看妳了啊！」

「贊同……夕弦等人只是像平常一起在吃午餐而已。」

「…………」

精靈們聽了狂三說的話，紛紛做出反應。

於是，狂三再次笑盈盈地慢慢站起身。

「狂三？」

「呵呵呵，那我先告辭了，士道。你的便當真的很好吃。」

「嗯，妳的便當也非常好吃。」

士道如此回答，狂三便彎下身子，再次將臉湊近士道。

然後用指尖輕輕撫摸他的下巴。

「……！」

「我說……士道，換個話題吧，下星期三放學後，你有空嗎？」

「星期三……？」

聽到這突如其來的提問，士道一時之間不明白話中含意……但立刻便會意過來狂三是在提出邀約。

反正士道那天也閒著沒事，況且對現在的士道來說，攻下狂三的芳心才是優先事項。他只能答應。

「………」

不過，士道思考了一下，露出挑戰的眼神回望狂三說：

「抱歉，我那天有重要的事。」

「哎呀，這樣啊。」

「對——我想約我眼前的女孩去約會。」

士道說完，狂三驚訝得瞪大雙眼。

「哎呀、哎呀。」

然後覺得士道說的話很有意思地微微一笑，接著說：

「我們真是心有靈犀呢，士道。那麼，記得把那天的時間給我。」

「當然……不過，妳說『把時間給妳』，應該不是真的給妳吧？」

士道露出懷疑的眼神回答。雖然這不是什麼特別的表達方式，但從能吃掉人類「時間」的狂三口中說出，乍聽之下似乎有危險的雙重意義。

狂三好像也聽出士道的言下之意，她不停抖著肩膀笑道：

「呵呵呵，你這話說得可真有趣呢。當然，你可以解讀成慣用的句型沒關係。不過——」

狂三說到這裡，將觸碰士道下巴的手指慢慢移動到臉頰。

「我也打算在那天實現你剛才想像的另一個意思。」

「……！」

狂三的左眼在她爽朗的笑容中發出妖異的光芒。

極為美麗、冷靜透徹、淒絕的意志之光。狂三的視線帶有不可動搖的覺悟。士道見狀，不禁倒抽一口氣。

「——那麼，再見了。我很期待那一天，士道。」

不過，狂三隨後露出柔和的表情，轉了一圈拎起裙襬、縮起腳，行了一個禮。

就這麼踏著輕快的步伐回到校舍中。

在她的背影逐漸消失後經過十秒。

「…………呼……！」

士道才終於像是緊張的絲線斷裂般鬆了一大口氣。

「你、你還好嗎，士道？」

於是，坐在對面的十香等人憂心忡忡地望向他。

「嗯，我……我沒事。抱歉，雖然早就有心理準備，不過……呃，很痛耶。折紙，很痛。」

折紙用濕紙巾不斷擦拭士道的臉頰。士道的臉被搓揉得變形，臉頰流下汗水。

緊接著，耳麥傳來琴里的聲音慰勞士道。

『辛苦了，幹得很好。狂三通常保持在平常值的感情數值起伏得非常大。』

「真、真的嗎？」

『是啊。不過，某人的數值也起伏得不相上下就是了，尤其是最後。』

「唔唔……」

聽見這句話，士道含糊其辭。

與最邪惡精靈互相撩撥心弦。士道十分清楚這代表什麼樣的含意，因此他擬定對策，以他的方式奮戰。

不過，直接面對狂三，與她交談、觸碰、感受到她的氣息後——原本不動如山的覺悟卻逐漸崩塌。

「不過……」

就在士道自我反省的時候，耶俱矢面有難色地將手抵在下巴。

「為什麼狂三要指定下星期三？有什麼特別的意義嗎？」

「這我就不知道了……」

當士道歪著頭回答耶俱矢的疑問時，有一個人像是察覺到了什麼，瞪大了雙眼——是折紙。

「下個——星期三。」

折紙簡短說完，拿出智慧型手機開始操作。

片刻過後，她露出恍然大悟的表情，將螢幕拿給士道等人看。

「我明白時崎狂三的意圖了。她的確打算在那一天決勝負。」

「那是什麼意思……——啊。」

說到這裡——

望向手機螢幕的士道止住了話語。

折紙點了點頭。

「下個星期三，也就是二月十四日。那一天是——神聖的情人節。」

折紙發出冷靜但透露出些許焦躁的聲音這麼說的同時，預備鈴聲宛如警報一樣響起。

第三章　少女的時間

「——謝謝大家過來。」

當天夜晚，琴里在精靈公寓的其中一個房間望著大家如此說道。

不知為何，房間的照明設定得很暗，只有一道聚光燈打在桌上。

而琴里在那道燈光照射下，雙肘拄著桌面，十指交扣。感覺琴里的司令官氣勢比平常又莫名增加了幾分。

十香、折紙、四糸乃、耶俱矢、夕弦、美九、七罪、二亞、六喰諸位精靈已齊聚一堂。大家坐在圓桌前，有人托著下巴、有人伸著懶腰，各有各的姿勢。

「唔嗯，妳究竟有何貴幹？在如此深夜……」

六喰「呼啊……」打著哈欠問道。

不過，這也難怪。畢竟現在是午夜十二點。這時間乖孩子早就進入夢鄉了。除了六喰，也有幾個人看起來很睏。不過……也有例外，像二亞就不知為何看起來比白天還要有精神。

琴里微微點點頭，接著回答六喰：

「狀況就跟我已經向妳們說明過的一樣——今天中午，時崎狂三邀士道去約會，在二月十四日，情人節那一天。」

聽了這句話，十香交抱雙臂歪了歪頭。

「唔，話說那個情人節是什麼玩意兒啊？」

「噢……抱歉、抱歉。這麼說來，我好像還沒跟妳解釋呢。呃，所謂的情人節就是……」

正當琴里想說明時，二亞突然插嘴。

「情人節就是啊……人稱情侶守護聖人的聖華倫泰慘遭處死的那一天～～！」

「什麼……！」

「是很恐……恐怖的日子嗎？」

十香和四糸乃露出吃驚的表情。琴里拍了一下二亞的頭。

「起源是沒錯啦，但妳也換個說法嘛！」

「嘿嘿嘿，抱歉、抱歉。總之啊，把那一天想成是女人送男人禮物的日子就行了。」

「唔，送禮物啊？」

「提問。要送什麼才好呢？」

八舞姊妹左右對稱地歪頭說了。

「這個嘛……沒有規定要送什麼啦，但在日本，通常都是送巧克力。」

「哦！」

十香聽了琴里說的，眼神發出閃耀的光芒。

「送巧克力啊……竟然有這麼美妙的日子！」

「……那個啊，十香，抱歉在妳開心的時候潑冷水，不過是女生送給男生，妳是要送禮物出去的那一方。」

當十香興奮地揮動著手時，七罪瞇起眼睛吐槽。

「唔？嗯，我知道啊……嗯？這樣啊，我吃不到啊。不對……嗯，沒關係……我很高興能送禮物給士道……」

「妳的心情明顯變低落了嘛……」

七罪臉頰流下汗水這麼說了。琴里無奈地聳聳肩，嘆了一口氣。

「不要緊，十香，最近也很流行送友情巧克力……而且，下個月十四日還有白色情人節啊。這一天，在情人節得到巧克力的男生要回送巧克力給女生。」

「喔、喔喔……！」

十香有如接受神諭的聖職者般望向琴里。周圍的人見狀，紛紛會心露出苦笑。

「所以呢，琴里，這樣有什麼問題嗎～～？達令跟她在情人節約會，人家的確是會吃醋沒錯啦～～……」

美九以可愛的動作用手指摸著下巴說了。

於是，琴里點點頭回答：

「狂三說她打算在那天的約會決勝負。要是士道輸了，會同時失去他的靈力和性命，這樣我怎可能坐視不管？」

「……可是就算是士道，總不會賭上自己的性命認輸吧……」

「我也這麼認為。不過，我不認為那個狂三會毫無勝算就說出這種話來，這一點也是事實。最好還是當心一點。」

「提問。那具體來說該怎麼做才好？」

夕弦舉手發問。琴里點了點頭，豎起兩根手指。

「大致分為兩種方針。一種是，我們也送士道巧克力。」

「這手段很恰當。我本來就打算送他巧克力。」

「對呀～如果我是男生，只有三三一個人送我巧克力的話，我真的會心動不已呢。」

二亞開玩笑地聳了聳肩。於是，琴里也表現出一副我懂妳心情的樣子苦笑。

「不過，那終究是十四日的事。就算要做巧克力，也只要在當天以前準備好就沒問題了——真要說的話，問題在於接下來的幾天。我想在情人節之前，盡可能鍛鍊士道的意志力。」

「意志力……？」

十香盤起胳膊，歪頭表示不解。琴里接著補充說明：

「沒錯。事先加強他的免疫力，避免他在當天被狂三籠絡。」

「唔嗯。不過，是要免疫何事？」

六喰詢問後，琴里便豎起一根手指說：

「當然就是──成人的魅力呀。」

「……！」

聽了琴里說的話，精靈們騷動不已。

琴里制止大家，接著說：

「十香妳們中午應該也看見了……狂三最大的威脅，果然在於這一點吧。把男人玩弄於股掌之間的惡女的從容，夢魔利用妖豔的舉止誘惑男人的手段。士道過去封印的精靈之中，沒有像她那種類型的，所以必須趁現在讓他習慣才行。」

「…………」

精靈們嚥了口水。

這時，有兩個人精神百倍地舉起手打破凝重的氣氛。是美九和二亞。

「讓人家來～～！人家比達令大一歲～～！是姊姊～～！」

「我也是、我也是～～！成人的魅力大到無法擋！」

說完，兩人驕傲地挺起胸膛。
不過，琴里卻苦著一張臉搖了搖頭。
「重點不在年齡大小，而是心靈上的成熟。若是排除這一點，就只是個大孩子吧。」
「唔呀！」
「啊呃！」
殘酷的話語如利刃一般刺進美九和二亞的心裡。
「嗚嗚嗚，琴里，妳說話真是一點都不留情耶～～……人家的身材不是很有成熟女人的感覺嗎～～……」
「我也是啊，那個……擅長開夜車啊～～……」
「…………」
當美九和二亞如此碎唸抱怨個不停時，折紙不知為何拍了兩人的肩膀。兩人當場感動萬分地緊抱著折紙痛哭……不過，美九手的動作非常可疑就是了。
但是大家不理會她們三人，繼續開會。
「這種狀況十分棘手。不管再怎麼逞強，男人在心態上還是想要被成熟的大姊姊玩弄，向她們撒嬌。」
「呵呵，男人永遠長不大啊。」

「首肯。原來耶俱矢是男生啊，怪不得。」

「妳這話是什麼意思！怪不得是怎樣！」

「冷靜一點……哎呀？」

就在這時，琴里突然止住話語。

「折紙她們跑到哪裡去了？」

「唔？」

聽琴里這麼一說，十香望向折紙她們原先在的地方。

正如琴里所說，剛才還在那裡的三人不知何時消失了蹤影。

「不知道耶……」

「莫非是去了廁所？」

精靈們歪過頭。琴里低吟著瞥了一眼房門後，繼續說：

「算了，反正她們馬上就會回來吧——總之，只要暫時滿足那種感覺，不管狂三使出什麼招數，士道都會心如止水吧。所以，我們要變成士道的大姊姊，加強他的意志力。」

「可、可是，琴里，我們比士道小……」

四糸乃將眉毛皺成八字形說道。琴里面有難色地點了點頭。

「是沒錯啦。不過，只要學會成熟女人的從容，不管實際年齡如何，都有可能散發出大人的魅力。當然，變成真正的大人效果會更加顯著，但實在沒辦法——」

「……那個——」

琴里說到這裡，一名少女戰戰兢兢地舉起手。

「搞不好，有辦法喔……」

◇

「嗯……唔……」

發出細微的呻吟聲，在自己房間的床上慢慢睜開眼。

睡迷糊的意識漸漸清醒，因此慢慢看清周圍的狀況。

四周仍然昏暗，似乎還沒天亮。他不覺得昨晚有比平常早睡啊……

就在這時——

「……嗯？」

意識依然朦朦朧朧，士道正想翻身時，皺了皺眉頭。

——身體無法動彈。

一時之間還以為是鬼壓床……但狀況有點奇怪。真要說的話，像是被別人緊抱住的感覺。

溫暖、柔軟的觸感。被子裡顯然有自己以外的其他人。

「…………」

士道沉默不語，思考了一下後輕聲嘆息。

照理來說，應該會懷疑是不是在作夢或是遇到靈異現象之類的……但不知是幸還是不幸，士道大概猜得出來這類現象的原因。

「折紙……？還是美九？不，搞不好是二亞……？」

士道瞇起眼睛這麼說完，勒緊身體的力量便放鬆，棉被同時掀了開來。

「不愧是士道。」

「不愧是達令。」

「不愧是少年。」

「嗚哇啊！」

看見從棉被裡出現的三人，士道發出驚愕聲。

一方面是因為他萬萬沒想到列舉的三名嫌疑犯全部到齊——

而且重點在於，她們三人全都穿著薄紗連身衣和吊帶襪這類的性感內衣。

「妳、妳們……？」

士道搞不清楚現在是什麼狀況，臉龐染上困惑之色。

於是，三人面帶微笑，再次靠近士道。

折紙微微隆起的腹肌和美九豐滿的胸部從左右夾擊。明明是剛才皮膚接觸到的觸感，但看見她們的姿態後，士道的腦海裡卻湧起與剛才截然不同的緊張和興奮的情緒。

「等……喂、喂……」

「沒關係啦，士道，放開你的胸懷。」

「就是說呀～盡情向我們三個大姊姊撒嬌吧～～」

「沒錯、沒錯。只要現在發洩完冷靜下來，三三也沒什麼好怕的了～～」

說完，三人逐漸逼近。看見她們跟往常有些不同的妖豔模樣，士道感覺心臟劇烈跳動。

不過——

「哎呀，男人真是不可思議呢。說什麼到了三十歲還是處男就能變成魔法師，但倒是能立刻轉職為賢者呢……啊，對喔，在那之前要先變成遊人！少年真是的，遊人～～」

因為二亞一如往常地說起笑話，讓士道原本沖昏頭的腦袋適時地冷靜下來。

「……啊～～真是的。雖然搞不清楚狀況，妳們統統給我滾回自己的房間去！」

士道大喊，推著折紙等人的背將她們趕出房間。

「沒辦法。只好另外找時間再過來。」

「呀～～！霸道的達令也好迷人喲～～！」

「咦咦～～少年果然比較喜歡女生的臀部嗎～～」

三人各自留下話語便離開了五河家。

「真是受不了……」

士道無奈地嘆了一口氣，用袖子擦拭額頭上不知不覺冒出的汗水，再次鑽進被窩。

……不過，無法立刻入睡。

除了在不上不下的時間被吵醒外，主要原因是棉被裡還飄散著折紙她們留下的淡淡香氣，令他心跳不已。

於是——

「……嗯？」

不知道經過了多久，士道突然皺了眉頭。

因為窗外——陽臺的方向傳來微小的「叩叩」聲。

「這是什麼聲音……？」

聽起來就像是有人在敲窗戶。士道一臉疑惑，慢慢從床上坐起來，然後揉著雙眼走向窗戶，伸出手觸碰窗簾。

不過，這時士道停下了動作。

可能是睡意造成判斷力下降，他現在才發現——會在三更半夜敲打士道房間窗戶的來訪者，這件事有多古怪。

「難不成，是狂三……？」

士道眉頭深鎖地低喃道。沒錯，會在三更半夜用這種方法拜訪士道的人並不——

「…………不，倒也不是沒有。」

他想起剛才來襲的各個面孔，深深嘆了一口氣……真要說的話，他反而認為那三人再次造訪的可能性比狂三還高。

總之，繼續維持這種狀態的話便一無所知。士道深呼吸後，下定決心拉開窗簾。

然而——

「奇怪……？」

窗外不見任何人影。不僅如此，當士道拉開窗簾的同時，叩叩聲響也驟然消失。

「真奇怪，我明明有聽到啊……」

他歪了歪頭，打開窗戶走到陽臺。冰冷的空氣朝被溫暖的被窩寵壞的身體襲來。

「唔唔……冷死人了！」

即使套上拖鞋四處張望，還是不見可疑的人影或太早起床的小鳥。

是睡迷糊的頭腦還沒清醒嗎？士道搔了搔頭，打算回到房內。

於是，那一瞬間——

「——呵呵，呵呵。」

「……！」

某處傳來這樣的笑聲，令士道抖了一下身體。

「怎、怎麼回事……？」

他被突然響起的聲音嚇到，再次環顧四周。

結果，緊接著陸陸續續傳來好幾道聲音。

「哦？他就是那個五河士道？」

「是喔……還滿普通的嘛。有點意外呢。」

「是嗎？還滿可愛的啊。」

「這、這究竟是……」

士道的表情染上困惑之色，尋找聲音來源。但還是沒看到半個人影。

一時之間還以為是狂三的分身在影子裡說話，然而——並非如此。迴蕩在四周的聲音明顯與狂三不同。

「是誰！找我到底有什麼事！」

士道不禁大喊。他的聲音響徹靜謐無聲的夜空。

接著，四周傳來好幾道嘻嘻笑聲回應士道。

——然後，與此同時。

有幾張紙從空中飄落而下。

「紙……？」

士道歪頭納悶，想蹲下身子撿起那些紙。

但就在士道的手快碰到紙的瞬間，掉落在陽臺上的紙釋放出淡淡的光芒——

「喝！」

從中蹦出一名少女。

「哇……！」

事出突然，士道大吃一驚，一屁股跌坐在地。於是，少女被這個畫面逗得嘻嘻笑。

「啊哈哈哈，你反應也太大了吧？」

「妳、妳是……」

士道怔怔地仰望少女的臉。

愚蠢至極的問題。士道立刻屏住呼吸。

有種原本還有些昏沉的頭腦被這衝擊的光景敲醒的感覺。

如果現在目睹的光景並不是夢境，那麼從紙中冒出的少女肯定非比尋常。

而且士道早已從真那口中聽說這些少女的存在。

「難不成是ＤＥＭ的……！」

士道的表情染上戰慄之色，如此說道。於是，又有好幾名長相一模一樣的少女接二連三從散落在四周的紙中爬出。

那幅光景就像狂三的分身同時現身一樣。士道看見這徹底無視世上法則與條理的現象，啞然無言了一陣子。

「哦？你知道我？」

「不過，『ＤＥＭ的』這種叫法未免也太難聽了吧？」

那群少女不滿地嘟起嘴脣。

不過，士道無法回答。

因為從四方發出的無數話語當中，有一名少女呢喃出令人難以置信的話。

「沒錯、沒錯，我們——好歹也是『精靈』呀。」

聽見這句話——

「什麼……！」

士道愕然瞪大雙眼。

「精、精靈……！」

沒錯。少女剛才的確是這麼說的。

頭腦一片混亂。既然是精靈，確實可能存在擁有像狂三那樣分身能力的人。不過，為什麼精靈會待在想消滅精靈的DEM呢——

在士道感到困惑的期間，又有另一名少女接著說：

「沒錯，我叫〈妮貝可〉。這名字很好聽吧？」

「不過，是父親大人創造出我的，可能跟你所謂的精靈有點不一樣。」

「這、這是怎麼回事……？」

依然目瞪口呆的士道反問，少女——〈妮貝可〉便聳了聳肩。

「呵呵，想知道嗎？」

「要告訴你也行，不過沒什麼意義吧？」

「是啊。因為你——就要死在這裡了。」

然後——

〈妮貝可〉若無其事地吐出這句話。

別說惡意了，甚至感覺不到一點殺意。態度輕鬆得就像隨意打聲招呼，或是出門時有人順便拜託你買東西一樣。

所以聽到這句話的士道才會一時愣住。

「……！」

不過，士道的反應比一般男高中生快多了。經歷過無數次生命危險，令士道的身體反射性地做出動作。他立刻轉身，蹬了一下陽臺想逃離〈妮貝可〉身邊。

然而——

「咦……？」

下一瞬間，士道聽見自己的喉嚨發出這樣的聲音。

同時視野一陣搖晃，他的身體便直接摔到陽臺上。

士道往下看著自己的身體，發現了一件事。

——原本想逃離現場的雙腳，完全被切斷了。

「唔……啊，啊啊啊啊啊啊啊啊啊啊啊啊啊啊啊啊啊啊啊啊啊啊！」

片刻過後，捏碎腦幹般的劇痛襲向士道。

有種理應黑暗的夜空閃閃爍爍的錯覺。激動與緊張令心跳加速，雙腳的剖面噴出大量鮮血。

「你以為你逃得掉嗎？」

「不行、不行。父親大人吩咐過了。」

「你必須死在這裡。」

〈妮貝可〉以一貫輕鬆的態度接連說了。

不過，這時她臉上被濺滿大量鮮血都不皺一下的眉毛卻抽動了一下。

「咦……？好神奇，這是什麼？」

「腳在燃燒？是說，被砍斷的雙腳正打算黏回去？」

「哦……這就是〈灼爛殲鬼(Camael)〉的再生能力呀？好好喔。」

〈妮貝可〉妳一言我一語，饒富興味地看著士道的雙腳，宛如孩童在路邊發現了稀奇的蟲子一樣。

〈妮貝可〉說的沒錯，士道的雙腳剖面正燃燒著不知從哪裡冒出來的火焰。劇烈的疼痛加上猛烈的灼熱感，將士道折磨得生不如死。

不過，那道火焰也正如〈妮貝可〉所言，試圖接合士道被砍斷的雙腿——那是琴里的天使〈灼爛殲鬼〉所擁有的治癒火焰。

「這樣啊、這樣啊。因為擁有這種能力，所以才麻煩呀。」

「嗯。感覺很賴皮呢，就算殺了也不會死。」

「這樣沒辦法達成父親大人的願望呢。該怎麼辦？」

〈妮貝可〉歪著脖子，面面相覷。

不過，那也只有片刻的時間。〈妮貝可〉彼此點了點頭，再次將視線落在士道身上。

「反正，也只能這樣做了吧。」

「嗯，只有這個方法了。」

「——殺到他死為止。」

〈妮貝可〉說完的同時，士道全身受到強烈的衝擊。

「…………！」

緊接著視野染成一片通紅，更加劇烈的疼痛侵襲而來。

感覺就像痛覺神經擁有自我，瘋狂地亂舞。若非士道擁有〈灼爛殲鬼〉的保護，那種痛楚恐怕會瞬間令人休克死亡。

士道發出不成聲的吶喊。

即使想利用聲音天使〈破軍歌姬（Gabriel）〉來平息疼痛——也為時已晚。

〈妮貝可〉那天真無邪又殘酷的持續攻擊，一次又一次地貫穿、破壞、切碎士道不斷再生的身體——

沒多久，士道的意識便墜入了黑暗。

◇

「……嗚哇啊啊啊啊啊啊啊！」

士道發出幾乎要喊破喉嚨的慘叫聲——

從床上跳了起來。

「……！——！」

他睜大雙眼，呆愣地環顧四周數秒。熟悉的自己的臥房；窗外射進高掛空中的太陽光芒。

「…………！」

過了一會兒，士道急忙觸摸自己的身體。

確認自己的腹部和胸口沒有被穿孔、雙腿沒有被砍斷，更重要的是雙手還健在，能夠確認自己的身體，於是他鬆了一大口氣。

「…………這個惡夢也未免太真實了吧，喂……」

他說著擦拭額頭，衣服的袖子都濕透了，已經超越盜汗的程度，根本是睡覺期間遭受暴風雨的慘狀。

不過，這也無可厚非。士道反覆思量剛才作的惡夢——儘管不想回憶，還是半強迫自己回想

——不禁渾身顫抖。

士道的內心到底有多不安，才會作出這樣的惡夢？……應該說，到底哪一段是現實，哪一段是夢境？

士道甩了甩頭想揮去仍烙印在腦海裡的劇痛，推開濡濕的被褥站起來。

然後對胸口搧了搧風，同時走向一樓想沖個澡。

「……嗯？」

下樓途中，他的眉尾抽動了一下。

因為從一樓飄來一陣香味，以及「咚咚咚」菜刀敲打砧板的悅耳聲。

沒錯——就像有人正在準備早餐一樣。

「是琴里嗎……？」

士道歪著頭低喃。

現在只有士道和琴里兩人住在這個家，肯定是如此吧。平常早餐……應該說三餐幾乎都由士道一個人包辦，但今天因為作惡夢，較晚起床。搞不好琴里自動自發地幫忙做早餐了。

不過，有一點不太對勁。琴里用菜刀有用得那麼熟練嗎……？

士道思考著這種事情走下一樓——

「……咦？」

看見位於客廳的人影後，大吃一驚。

「——嗯？噢，早安啊，士道。」

坐在沙發上的女性揮了揮手對他打招呼。

但士道只是一臉目瞪口呆，沒有回應。

這也難怪。因為坐在那裡的，怎麼看都是「比士道年長的琴里」。

短短八個字就蘊藏了無以復加的矛盾。士道以為自己還在作夢，便捏了捏臉頰。會痛。

年齡大概二十歲左右。修長的四肢、成熟的容貌。頭髮沒有綁起來，黑色緞帶反倒是綁在手腕上。

不過，最顯眼的是她的胸部。琴里原本比同齡少女扁平一些的乳房膨脹到不自然的地步。

成熟女人模樣的琴里全身只穿著一件襯衫，坐在沙發上，有些慵懶地看著電視。她的姿態怎麼看都是上班前的粉領女郎。

「愣在那幹嘛？——啊，是看大姊姊的美腿看得出神了嗎？這樣啊，士道也是男生嘛。」

士道驚愕得瞪大雙眼，琴里便露出戲謔的笑容，故意換邊蹺腳。性感的腿部曲線在襯衫衣襬下若隱若現，令他不禁屏住呼吸。

「……！才、才沒有！妳是……琴里吧？沒錯吧？不對不對，咦？到底是怎麼回事……？」

「咦咦？有哪裡不對嗎？」

「不是啊，就算是突然長大好了，妳的胸部未免也大得太不自然——呃噗！」

話還沒說完，琴里便拿起靠墊扔向士道，正中他的臉。士道不由得向後仰。

「士道。」

士道挨了一記靠墊攻擊，正揉著鼻頭時，這次從廚房傳來這樣的呼喚聲。

循聲望去，便看見同樣長大成人的四糸乃正在準備早餐。

四糸乃將頭髮繫成一束，捲起衣袖，圍著設計簡單的圍裙。那副模樣簡直就像是一位年輕太太。

而她腳邊有三名小女孩。士道一時頭腦混亂，但立刻便明白她們是折紙、美九以及二亞變小的模樣。不知為何，三人脖子上都掛著牌子，牌子上寫著「非常對不起，我們偷跑了」。

「太大意了。不過我不會放棄。誰說年紀輕的不能當姊姊。」

「討厭啦～～！為什麼我們變小了～～！人家還想再誘惑達令～～！」

「啊哈哈，有對比才更突顯成熟度啊。妳看，因為有我們的存在，原本只是個年輕太太，結果就帶有母親屬性了，對吧？」

「什麼……！妳、妳說的倒是有道理……！」

聽了二亞說的話，美九露出彷彿受到天啟的表情，之後倚靠在四糸乃的腳上向她撒嬌。

四糸乃露出苦笑，溫柔地撫摸美九的頭，接著將視線移回士道身上。她左手的兔子手偶「四糸奈」（不知為何，她戴著假鬍子）同時向士道招了招手。

「士道，媽媽希望你試一下味道。順帶一提，我是爸爸喲。」

「那個……可以麻煩你嗎？不對，過來試一下味道……」

「咦……？啊，好……」

士道呆若木雞，卻還是乖乖走向四糸乃，然後從她手中接過碟子，嚐了一下味噌湯的味道。

「嗯……很好喝，高湯熬得也很入味。」

「真的嗎？那就……太好了。」

四糸乃說完，莞爾一笑。

她不同以往，散發出沉穩又充滿包容力的氣息，令士道不禁小鹿亂撞。

不過，他立刻改變想法，猛力搖了搖頭。

「……呃，不不不，現在是討論這種事的時候嗎！這是什麼狀況？晚上那件事不是我在作夢嗎？」

士道如此大喊，腳邊便傳來小折紙的聲音：

「這是訓練的一環。」

「訓、訓練……？」

「沒錯。為了避免士道在即將來臨的十四日那一天被時崎狂三的美色誘惑，必須訓練你的意志力。」

「意志力……該怎麼訓練？」

「你只要跟平常一樣就好。只是，我會觀察你的心跳和興奮度。希望你保持平常心，不要讓數值超過一定的數字。」

「喔……」

士道搔了搔臉頰隨口回應。於是，琴里從背後加以補充：

「啊，放心吧，我有準備好懲罰。如果興奮值進入警告範圍，每經過十秒就會上傳一張你以前畫的插畫到社群網站。」

「可惡，我還想說最近都沒有這種懲罰了耶！」

士道發出高亢的聲音，琴里便「啊哈哈」地開懷大笑，那副模樣簡直就像真的在戲弄弟弟的姊姊。

若說沒有怨言是騙人的，但就以往的經驗來說，士道十分清楚事情走到這種地步就沒有轉圜的餘地。他嘆了一口氣，面向折紙。

「……所以，為什麼琴里和四糸乃變成大姊姊了？」

「因為我們覺得如果有大姊姊勾引你，你馬上就會被迷得神魂顛倒。」

「這話未免也太失禮了吧！」

士道不由得大喊。於是折紙歪了歪頭說：

「所以說，有大姊姊勾引你，你也不為所動嘍？」

「那、那是當然，畢竟那攸關我的性命……況且，現在就某種層面來說，也關乎我在社會上的名聲……」

「是嗎？」

折紙簡短說完，彈了一個響指。

二亞和美九聽見後，身體抽動了一下，接著揪住四糸乃身上的衣襬用力拉扯。

下一瞬間，四糸乃的衣服往左右兩邊裂了開來，形成只穿著圍裙的狀態。貞潔的年輕太太剎那間變身成性感小野貓。

「呀、呀……！」

「什麼……！」

突如其來的事態令士道慌亂得眼珠子直打轉。不過，吃驚的不只士道一人。四糸乃滿臉通紅，當場癱坐在地。

事情與被大姊姊誘惑完全相反。但這種違背道德的感覺和性感動人的魅力，令士道不禁僵住身體。

瞬間，房間某處響起警報聲。看來士道的心跳似乎超過一定數值了。

「唔唔……！」

必須想辦法減緩心跳速度。士道連忙移開視線，將掛在椅背上的外套披在四糸乃肩上。

然而下一瞬間，士道的視野內又出現下一個刺客。

「士道……不對！五河同學！要開始上課嘍……！」

戴著眼鏡、身穿特別強調胸部的套裝，一副教師打扮的十香，不知何時站在他眼前。

當然，她也長大成比士道年長，大約二十幾歲的模樣。不過可能是因為套裝有點小，特別強調出她肉感的曲線，士道不由自主地望向她的胸部。

「唔，怎麼啦，五河同學？」

「啊，沒事……」

士道移開視線，乾咳了幾聲蒙混過去。

十香一臉納悶地望著士道。明明全身散發出致命的女人味，本人卻完全沒有自覺。這種反差更加撩撥士道的心。

不過，十香絲毫沒有察覺士道的心思，踩著有如模特兒的步伐，拉起士道的手，讓他坐在餐桌旁的椅子上。

然後將另一張椅子挪到他旁邊坐下，緊靠著他。

「呃，現在是怎樣……？」

「好了，五河同學，十香老師的甜蜜課堂要開始嘍。跟我一起……唔？」

十香皺起眉頭，從口袋拿出筆記本，確認寫在上面的文字。

「喔喔，對喔。要上羞羞臉的課外教學。做好心理準備了嗎？我看看，先從健康教育開始。雄蕊和雌蕊啊……」

「是誰分配這個角色給她的！」

士道發出哀號，迅速從椅子上站起來。

「唔，你要去哪裡，五河同學！」

「我、我去洗把臉……！」

士道前往廁所好讓泛紅的雙頰和發脹的腦袋冷卻下來。警報聲從開始就響個不停，這樣下去情況不妙。他必須想辦法重新掌控狀況。

「什麼……！」

不過，就在打開廁所的門之後，士道再次僵在原地。

理由很單純。因為那裡站著只圍了一條浴巾的七罪。

當然，並不是平常的七罪，而是用天使〈贗造魔女(Haniel)〉變成大人模樣的七罪。

頭腦混亂的士道看見她的姿態，才終於明白琴里等人變身是何人所為。

「哎呀……？」

七罪面帶微笑望向士道。大概是剛沖完澡的關係，濕潤的頭髮緊貼在她白皙的肌膚上，嬌媚無比。

「呵呵呵，早安啊，士道。真是可惜呢，你要是再早一分鐘來，我就沒有圍浴巾嘍。」

「……！妳、妳在說什麼啊……」

聽見出乎意料的話，士道羞紅的臉頰更加通紅。於是，七罪打趣地用指尖撫摸士道的下巴。

「還是說，你在等著要自己脫下我的浴巾？呵呵……真壞。」

說完，七罪抓起士道的手移到自己胸前。

「喂……！」

士道急忙將手往回拉。但用力過猛，就這麼倒向後方。

「好痛！」

背和腦袋猛力撞上地面，士道皺起臉搓揉後腦杓。

這時，突然出現人影俯看士道。

「啊……！」

士道瞪大雙眼，連喘息的時間都沒有。

這也難怪。因為出現在那裡的，是耶俱矢和夕弦。前者穿著套裝，外面加了一件白袍，一身女醫的打扮；而後者則是穿著超短裙的護士模樣。

「呵呵，發生何事呀？有哪處疼痛嗎？讓本宮看看。」
「指摘。耶俱矢，難得七罪把夕弦我們變成大人，妳那種說話方式把七罪的苦心全毀了。」
「……！少、少囉嗦！妳還不是一樣！還敢說我！」
兩人一如往常，又開始拌起嘴。
這件事本身並沒有問題。問題在於——士道躺在地上，身穿短裙的兩人在他的臉上方爭吵。
「…………！」
響起刺耳的警報聲。士道連忙站起來，快步走過走廊。
總之必須調整心跳速度。先朝玄關前進，走出家門吧。
不過，那裡還有另一道人影，像在訴說她是最後的守門人。
「唔。郎君，你打算前往何處？」
「六喰……！」
沒錯。跟大家一樣變成大人身體的六喰身穿和服，擋住通往玄關的去路。
而且她穿的不是普通的和服。設計華麗，腰帶綁在前面，還大膽敞開裸露香肩。
所謂的花魁式和服。
「嗚喔……！」
六喰原本個子就不高，但身材豐腴，透過七罪的力量長大成人後，破壞力堪比戰術核子彈。

每當她依樣畫葫蘆故作優雅地走路時，豐滿的胸部便會搖晃，吸引士道的視線。

警報聲響得比剛才還要宏亮。士道好不容易制止朝他逼近的六喰，打開玄關的門，打算走出去。

——然而……

「唔，且慢，郎君。」

「哇！」

開門的瞬間，六喰從後方踩住士道的褲腳，士道因此摔向前方。

不過，他並沒有倒地。

正確來說，是將臉用力埋進站在門外的某人的胸部。

「什……啥……咦！」

「……嗯？」

士道陷入混亂，一道平靜的聲音從他頭上落下。士道戰戰兢兢地抬起頭，發現站在那裡的人正是〈拉塔托斯克〉的分析官，村雨令音。

「令、令音……！對不——」

「……嗯嗯。」

士道話語未落——

令音便露出一副理解的樣子點了點頭，伸手抓住士道的後腦杓，再次往自己的胸部壓，然後順便溫柔地撫摸他的頭。

「……好乖、好乖。」

「————————！」

士道在混亂與困惑的情緒之下，聽見後方傳來精靈們「喔喔……」表示尊敬的聲音，以及鼓掌聲。

◇

五河家騷動後數小時。

七罪利用〈贗造魔女〉將琴里等人變回原狀後，一行人便來到位於天宮市大道的糕點製作材料行。

琴里望著大家，手扠腰說了：

「好，大家看我這裡。呃，第一次的士道訓練在大家幫忙之下，獲得了一定的成果。」

琴里說完，二亞和美九開始竊竊私語。

「真的喵？我怎麼覺得幾乎都是令音的功勞？」

「果然還是應該讓我們參戰的～～」

「咳咳！」

琴里故意乾咳了一下，示意自己聽得見。

「因此，我打算進行下一個作戰。」

沒錯。這就是琴里一行人來到這裡的理由。

也就是——製作十四日要送給士道的巧克力。

「大家各自去找喜歡的材料吧。最起碼需要的東西剛才已經說明過了，如果不知道該買什麼就來問我或令音，可以嗎？」

「嗯！」

「好的……！」

「了解。」

精靈們各自回答後，在店內散開。琴里目送她們的背影，嘆了一口氣說：「好了。」

「那我們也走吧。」

「……嗯，走吧。」

琴里說完，站在她身邊的令音如此回答。

令音現在穿的既非〈拉塔托斯克〉的制服，也不是學校的白袍，而是配色高雅的罩衫。一隻到處都是縫線的小熊玩偶從口袋探出頭來，畫面非常詭異。

剛才她造訪五河家並非偶然。原本琴里就拜託她來選擇巧克力的材料和教大家製作巧克力。

「好，那先來挑選作為基底的巧克力……」

琴里一邊低喃一邊和令音走向店家更裡面的區域。

商店在這個時期也算是旺季吧，偌大的陳列架上擺滿了各種巧克力，上面裝飾著華麗的手寫宣傳和手作巧克力食譜等東西。

「哇，還滿多種類的呢。」

每一樣都跟擺在便利商店之類的市售品不同，採用透明的簡樸包裝，只標記成分。各自的可可豆產地和混合比例皆不相同，從遠處望去，形成美麗的漸層。

可看見五名少女站在陳列架前，分別是十香、四糸乃、七罪、耶俱矢和六喰。所有人都眼神認真地瞪著架上的巧克力。

「大家，怎麼樣啊？有看到喜歡的嗎？」

琴里出聲攀談後，十香等人便回頭回答：

「喔喔，琴里。唔……每一樣看起來都很好吃的樣子，可是種類太多了。」

「沒錯……不知道該選哪一樣。」

「……是啊。我把事情看得有點太簡單了。」

「唔嗯。妹妹，此種委內瑞拉產和哥倫比亞產的可可，究竟有何不同？」

「咦……？」

被六喰這麼一問，琴里臉頰流下汗水。

雖然大言不慚地要大家親手做巧克力，但琴里做巧克力的經驗也不過就是用市售的巧克力材料包，請媽媽幫忙做出的難看巧克力，根本解釋不出各產地的巧克力風味有什麼細微的差異。

不過，既然誇口要大家有任何不明白的地方就來問自己，總不好回答不知道吧。琴里無言以對，雙眼游移。

「呃，呃……這個嘛。」

就在這個時候，宛如察覺到琴里的懊惱，有人把手搭上她的肩——是令音。

「令音……？」

「……嗯。」

令音像在表達「交給我吧」，點了點頭後望向大家。

「……可可主要分為香氣濃郁的克里歐羅、高抗病蟲害的佛洛斯特羅，以及承接以上兩種優點的崔尼塔利奧，這三種品種——」

「……唔，唔……？」

聽完令音的說明，十香一臉困惑。

不，不只十香，其他三人也露出不知所云的表情。

然而，令音想必也預料到會有這種反應吧，只見她豎起食指，繼續說：

「……真要說的話，與其區分品種，不如看可可和牛奶的混合比例比較容易了解吧。基本上顏色濃的可可較苦，顏色淡的較甜，這麼判斷就不會出錯。」

「喔喔！原來如此！」

十香捶了一下手心，再次面向陳列架。四糸乃、七罪、六喰也跟著開始物色巧克力。

「抱歉啊，還好有妳幫我解圍。」

「……別客氣。」

琴里說完，令音便望向她如此回答。

「……話說，琴里妳打算做怎麼樣的巧克力？」

「唔……老實說，我還在猶豫。只是融化巧克力倒進模具太過簡單，但過於講究又感覺容易失敗……」

「……嗯。我覺得用不著想得那麼複雜。凝固以後，用白巧克力之類的來裝飾，應該就足以表現出個性了。雖然沒有新意，但重點在於心意吧。」

「嗯……是這樣嗎？」

「……是啊。那我問妳，妳們要送巧克力的對象是會因為製作過程簡單就嫌棄的男生嗎？」

「……！」

琴里聽了這句話，瞪大雙眼。

接著發出「哈哈」的笑聲。

「說的也是。我好像真的想得太複雜了。」

琴里聳聳肩，如此說道。感覺無論是什麼樣的巧克力，士道都會欣然接受。

「謝謝妳，令音。」

「……嗯。」

琴里向令音道謝後，便和十香等人一起物色架上的巧克力，從中選擇看似甜度適中的牛奶巧克力，放入購物籃。

然後望向隔壁區。

那裡擺放著巧克力筆、心形的小糖果等裝飾甜點的材料。

先跑去逛那一區的八舞姊妹拿起閃著銀光的糖珠和食用金箔等東西，發出「喔喔……」的讚嘆聲，眼神散發出閃耀的光芒。

「咦！騙人的吧，這個可以吃嗎？不是包裝紙嗎？」

「確認。包裝上寫可以食用。」

「真的假的……？呵，呵呵……只要有這個，吾之燐光十字架就能顯現於現世……」

耶俱矢手持金箔，臉上浮現邪惡的笑容。

琴里見狀露出苦笑，接著身旁傳來美九和二亞的呼喚聲。

「琴里、令音，人家有想做的巧克力，但不知道要買些什麼材料才好～～」

「啊，我也是、我也是～～對烹飪一點都不熟，真是傷腦筋呢。」

「妳們想做什麼樣的巧克力？」

琴里反問後，美九和二亞便比手劃腳形容：

「這個嘛～～人家想做在常溫下會有些融化，不會凝固的那種巧克力……啊，可是不是完全變成液體的那種感覺～～具體來說，是希望能塗在人家身上的那種黏度～～」

「至於我嘛，我想做的是那種吃下一顆就能讓少年的小少年精力百倍的那種巧克力，要加什麼才好啊？果然要加鱉嗎？」

「給我做普通的巧克力就好！」

琴里對兩人大聲斥喝後，嘆了一大口氣。

美九和二亞好歹算是精靈中的年長者，怎麼感覺像在面對兩個大孩子一樣。

這時——

「……嗯？」

琴里發現了一件事，突然環顧四周。

因為巧克力架和裝飾材料架前都不見某個精靈的身影。

「……奇怪，折紙跑到哪裡去了？」

是先跑去逛包裝用的盒子和緞帶了嗎？琴里如此心想，望向店內的門口附近。

便看見原本不見人影的折紙，從琴里等人在的糕點製作材料行對面的居家用品店走出來。

「……咦？」

琴里疑惑地皺起眉頭。折紙雙手抱著購物袋回到糕點製作材料行。

「咦，妳去哪裡了？妳知道我們要做的是巧克力吧？」

「當然。我去購買必要的東西。」

折紙自信滿滿地說著，出示購物袋。

琴里探頭看袋子裡面，發現裡頭裝滿了許多不知道要用來幹嘛的圓筒型容器。

「……這是什麼？」

「矽利康。」

「…………用來幹嘛？」

「塑形。」

「……………………塑什麼形？」

「我的人形。」

折紙毫不猶豫地回答。

聽見這句簡潔的回答，琴里終於明白她的想法——換句話說，折紙想製作一個等比大的折紙人形巧克力。

琴里嘆了一口比剛才還要大的氣。

「……別這樣做啦。就算士道再怎麼寬容，也會被嚇到啦。」

「可是，要對抗時崎狂三，只能這麼做了。」

折紙正經八百地說了……從她的表情看來，她是真心這麼認為。琴里無法理解，她的頭腦應該非常聰明才對，為什麼會冒出這種想法呢？

這時，令音又擺出一副「交給我處理」的態度走向前。

「……原來如此，妳的想法真新穎呢，折紙……不過，有一個問題。」

「問題？」

「……是容量。人類體積的容量大到超乎想像。小士心地善良，肯定不希望浪費妳送的禮物。結果，他勢必會在巧克力的保存期限內攝取過多的糖分。」

「…………！」

折紙聽了令音說的話，瞪大雙眼。

「是我思慮不周，真是丟臉。」

「……那也是因為妳喜歡小士。下次只要將小士的健康規劃在內就好。」

折紙聽完點了點頭。

「我會這麼做的。要維持品質並縮小規模，手工執行起來有困難。必須立刻準備3D列印機才行。」

「…………」

折紙眼神充滿決心，緊握拳頭。令音見狀，露出難以言喻的表情搔了搔臉頰。

琴里將手放在令音的肩上嘆了一口氣。

「……令音，難得妳放假，還來照顧她們……我會幫妳加薪的，原諒我吧。」

「……不，沒關係。我本來就打算出門買東西。來都來了，我的材料也在這裡買吧。」

令音以一如往常睏倦的語調如此說道。

琴里聽見出乎意料的回答，眼睛瞪得圓滾滾的。

「妳也要做巧克力嗎？咦，是要送給誰的？」

「……嗯？就是送給所有平常關照我的人。〈佛拉克西納斯〉的船員和學校的同事……也打算送給小士，不過他應該收精靈的巧克力就收到手軟了吧？」

令音將手抵在下巴，一邊思考一邊說。

琴里微微聳肩，嘆了一口氣。

「什麼啊，原來是這種喔。我還以為妳有心上人了呢。」

「……抱歉讓妳失望了，我最近沒什麼愛情運。」

令音如此說著，唉聲嘆息。

琴里抬起視線，再次端詳她的外型。

修長的四肢，與之不相稱的豐滿胸圍。深深的黑眼圈看起來有些不健康，但五官卻漂亮得足以彌補這一點。

冰雪聰明、精明能幹，不會輕視也不會過於崇敬年紀相差懸殊的琴里，願意與她建立舒適的朋友關係，是個心胸寬大的成熟女性。

若要琴里舉出崇拜的女性，令音這個卓越的人才肯定會擠進前幾名，世上的男性應該也不會錯過她才對。不知為何，卻未曾聽過令音提起戀愛方面的事。

「最近沒有啊……」

「……嗯？」

琴里重複令音說的話，令音便歪著頭望向琴里。

「說起來，我很少聽妳提起戀愛方面的話題呢。妳以前交過嗎？就是——戀人之類的。」

「…………唔。」

琴里的眼睛閃閃發光，充滿好奇地說完，令音就有些傷腦筋地搔了搔頭。

平常很少看見令音做出這種反應。琴里興致越發濃烈，嘴角上揚，笑嘻嘻地戳了戳令音的側腹部。

等到她意識到時，難得聽見戀愛話題的一群精靈已經圍在四周側耳傾聽。就算是精靈，畢竟也是花樣年華的少女，當然會對這類話題有興趣吧……不過，其中也有一些人是和十香一樣，看見大家聚集過來才跟著過來的。

「有什麼關係嘛，又不會少塊肉。妳就從實招來吧。」

琴里像在代替大家發言，樂陶陶地說完，令音便嘆氣投降。

「……嗯，沒錯——是有交過一個啦。」

她有些慵懶地望向遠方，吐出話語。精靈們興味盎然地發出「哦……」的聲音。

「原來是這樣啊。不過，令音應該更有男人緣才是吧？」

「沒錯、沒錯。該做的事都做過了吧～～？告訴我們嘛，這裡又不是聯誼會場，沒必要裝清純啦～～」

「……這就難說了。我可不像大家認為的那麼受異性歡迎。」

令音含糊地帶過。

「好啦、好啦。」琴里隨口應和了她的謙虛，繼續說：

「算了。那妳交過的那個戀人是什麼樣的人啊？應該是個好人吧，妳才會喜歡他。」

「……是啊。他很溫柔……非常溫柔。」

令音反覆思量般重複說著，輕輕閉上雙眼。

「……恐怕我這一輩子都不會再遇到比他更溫柔的人了。他是我第一個，想必也是最後一個戀人吧。」

「…………」

那充滿哀愁的話語令琴里一時之間不敢發問。

於是，耶俱矢緊接著納悶地提出疑問：

「……咦，那你們為什麼分手了？聽起來妳現在也還喜歡著他——」

「——喂。」

琴里這麼簡短說了，制止耶俱矢的提問。

耶俱矢似乎也終於察覺到原因，一臉抱歉地移開視線。

——從令音的口吻聽來，那已經是過去的事情了。但她現在依然愛著那個人。

說不好奇事情的來龍去脈是騙人的，但硬是去打探人家的隱私也太不識相了。琴里吐了一口長氣，說出一句發自內心的話：

「真是浪漫。」

令音聽了，有些驚訝地瞪大雙眼。

「……是嗎？」

「是啊。竟然讓妳這麼愛，那個人真是幸福。」

琴里說完，其他精靈也紛紛點頭表示同意。

「是的……我覺得非常浪漫。」

「首肯。沒想到令音有那種酸酸甜甜的過去，真是令人驚訝。」

「對呀，想不到現實比漫畫還要不可思議～創作怎麼樣都比不上真實發生的事情呢。現實才不管什麼伏筆或劇情發展，直接就發生了啊～」

「呵呵呵……真的好浪漫喲。讓我有點羨慕呢。」

——就在這時……

在大家妳一言我一語之際，傳來有些耳熟的聲音，琴里微微抽動了一下眉毛。

從記憶中想起那道聲音的主人，大約花了三秒。琴里立刻繃緊身體，猛然回頭。

「狂三……！」

沒錯。不知何時出現的，那裡站著最邪惡的精靈時崎狂三。

「什麼……！」

「——！」

精靈們聽見琴里的聲音而有所反應，或是比琴里早一步發現她的存在，表情染上警戒之色。

不過，狂三看見精靈們的反應後，非但沒有慌張，還只是面帶微笑。

「哎呀、哎呀，各位是怎麼了呢？」

「……沒有，只是突然聽見妳的聲音，嚇了一跳而已。」

琴里哼笑並改變姿勢，擺出一副傲慢的態度如此回答。

再次望向狂三後，發現狂三身上穿的並不是靈裝，而是可愛的單色大衣，看起來並非進入備戰狀態的模樣。然而——那終究只是看起來而已。

「狂三，我們才要反過來問妳是怎麼了，找我們幹嘛？」

琴里交抱雙臂詢問後，狂三便像是突然想起來似的捶了一下手心。

「啊啊，對了。我是來買東西的。」

「買東西……？」

「是的、是的——我想來採買要送給士道的巧克力的材料。」

「……！」

精靈們聽了，紛紛開始有些躁動。

看來她們猜想得不錯，狂三將決戰日設定為十四日是為了搭上情人節這趟便車。

這時，狂三像是發現了什麼事，眨了眨眼。

「難不成妳們也是來買做巧克力的材料嗎？」

「……是啊。妳還有點腦袋嘛。」

「呵呵呵，那是當然的呀。會在這種時期跑來糕點製作材料行，目的顯而易見嘛。而且看妳們的購物籃放的東西，便一目了然——」

依序看向精靈們的狂三看到折紙的手邊時，止住了話語，露出有些不解的表情……不過，這也無可厚非。

「……妳是要做巧克力，對吧？」

「……是這麼打算沒錯。」

狂三一臉問號，過了一會兒便立刻輕輕乾咳了一下，轉換心情後抬起頭來。

「那麼，我有一個提議。」

「提議……？」

聽見狂三說的話，琴里露出納悶的表情。

——經過約一個小時後。

「……現在這個狀況是怎樣？」

離開糕點製作材料行後，琴里為了和大家一起製作巧克力，來到精靈公寓的某個房間，然後如此輕聲低喃。

這也是理所當然。因為——

「哎呀、哎呀，這裡就是各位居住的地方呀。呵呵呵，很棒嘛。」

最邪惡的精靈時崎狂三在琴里的身後環顧寬闊的廚房，愉悅地呢喃。

沒錯。狂三的提議便是——

（——我買完材料後，也想立刻動手製作巧克力。方便的話，能讓我一起去嗎？）

這個提議大大出乎意料，而且荒謬至極。

狂三的確是精靈，是〈拉塔托斯克〉的攻略對象兼保護對象。為了解除精靈的戒心，有時候也需要這類的交流吧。

不過，她的情況顯然與其他精靈有些不同。

畢竟她是在明知〈拉塔托斯克〉和士道的目的之下，還刻意挑起比賽。會認為她有什麼企圖也是理所當然吧。

「…………」

不過，琴里瞥了狂三一眼。

狂三的確是危險的精靈，不僅靈力十足，而且「數量」眾多，自己這一方肯定沒有勝算。面對她，絲毫不能大意。

然而，也因此不能錯過這個可以蒐集她情報的千載難逢的大好機會。

士道與狂三「決戰」之日，十四日即將到來。琴里想在那天來臨之前多少了解狂三的事情，所以只能接受她的提議。

「……琴里。」

正當琴里思考著這種事情的時候，令音壓低音量對她說：

「……我先回〈佛拉克西納斯〉去。這是個難能可貴的好機會，我想盡情觀察狂三的感情值和好感度。」

「嗯，麻煩妳了。我來想辦法應付這裡。」

「……好，拜託妳了。祝妳好運。」

令音如此說完，慢慢抬起頭，走出房間。

於是，狂三一臉疑惑地目送令音的背影，歪頭問道：

「哎呀，村雨老師要回去了嗎？」

「是啊。她好像有事。」

琴里隨便搪塞過去，狂三便眯起眼睛直盯著令音消失的門的方向說：「是嗎……」

一時之間還以為她發現了琴里說謊，不過——似乎有些不對勁。雖然說不出個所以然來，但感覺她的視線帶有懷疑的情緒。

「怎麼？妳有話想跟令音說嗎？」
「不，沒有。倒不是這樣。」
琴里說完，狂三若無其事地搖搖頭。
「──話說，我們快點開始吧。」
然後拍了拍手轉換心情後，將印有糕點製作材料行商標的購物袋放在調理臺上。
琴里等人目前的所在地並非精靈們居住的房間，而是設在公寓一樓的廚房空間。
這裡是精靈們居住的公寓，因此除了起居室外，還準備了各式各樣的設施。有娛樂用的電影院、維持健康的健身房。這間廚房也是其中一項設施。
當然，每一間房間也都附有廚房，但事先評估如果當情人節或聖誕節這類活動來臨時，複數的精靈可能有機會一起參與某項作業，便打造了這樣的空間。
備有讓精靈們能一起作業的大型調理臺、從世界各地蒐集來的各種調理器具，甚至是業務用的大火力瓦斯爐。
去年公寓建造完成時，士道曾經來參觀內部。他露出著迷的眼神，彷彿一名直盯著櫥窗內小喇叭的少年，久久無法離開現場。這裡的設備就是如此完美。
「呵呵呵，好久沒做甜點了呢……哎呀？」
狂三開開心心地將買來的材料攤在調理臺上後，像是突然發現什麼事情似的瞪大雙眼。

理由立刻就揭曉了。因為精靈們表情充滿警戒地聚集在房間的角落。

「唔……狂三，妳到底在想些什麼啊？」

「要、要開戰的話，我奉陪……！」

「參戰。夕弦也不會坐視不管。」

大家各自發表意見，對狂三投以帶有敵意的視線。

不過，這也是理所當然的事。畢竟對方是明白說出要吃掉士道，奪取他靈力的精靈，要她們卸下心防才是強人所難吧。

不過，狂三似乎早已預料到會有這種反應，只見她莞爾一笑，發出比剛才還要大的音量接著說道：

「哎呀，妳們不動手做嗎？呵呵呵，那麼我就一個人獨占士道的心嘍。」

「什麼……！」

精靈們聽了狂三說的話，皺起眉頭。

擺明了是在挑釁。不過，即使明白這一點（似乎也有一部分的人沒看出來），也無法左耳進右耳出。精靈們氣憤地吐了一口氣，慢慢走向調理臺。

「休想得逞……！士道由我來守護！嚼嚼。」

「我、我也會……加油！」

「嗯。我不會讓妳稱心如意。」

說完，精靈們各自開始將買好的材料擺到手邊。

狂三見狀，打從心底開心地笑道：

「呵呵呵，我也不會認輸的。」

狂三捲起袖子，穿上房裡備有的圍裙，仔細地清洗雙手。

其他人也跟著換上適合調理的服裝，再次回到調理臺前。將洗好的雙手舉到胸前站在臺前的模樣，宛如即將動手術的外科醫生。

「…………」

「…………」

「……嚼嚼。」

不過，站在調理臺左右的執刀醫生，更正，是精靈們，遲遲沒有展開作業。

沉默了數十秒後，十香一臉困惑地望向琴里。

「琴里，接下來該怎麼做？嚼嚼。」

「咦？噢，對喔。」

琴里瞬間瞪大雙眼，隨後點點頭——說到這裡，雖然告訴她們要準備什麼樣的材料，卻還沒向她們說明詳細的製作方式呢。

「簡單來說，就是將這個塊狀的巧克力融化後，再倒進準備好的模具中。接著放進冰箱裡冷藏，凝固之後再隨自己的喜好裝飾就好。」

「哦，原來如此！嚼嚼。」

「……呃，十香，妳從剛才開始嘴巴就在嚼些什麼啊？」

這時，七罪瞇起眼睛看著十香說道。

這麼說來，感覺十香從剛才開始說話就含糊不清。琴里瞥了十香一眼——立刻發現原因。

十香打開買回來的巧克力的包裝，不停偷吃裡面的巧克力。

「喂……十香，這怎麼可以，妳把要送給士道的巧克力都快吃完了啦！」

「唔？啊……！不知不覺就……！」

琴里說完，十香這才察覺到自己手的動作，露出驚愕的表情。

「可、可惡啊，狂三……竟然做出如此可怕的攻擊……嚼嚼。」

「……呃，這明顯不是她幹的吧。妳怎麼又吃起來了！」

「呵呵呵，看來是見效了呢。再多吃一點吧。」

「唔！停、停不了……！嚼嚼……」

「狂三妳不用那麼配合啦！」

琴里吶喊了一下，從十香的手上搶走那袋巧克力，疲憊地嘆了一口氣。

「唉……還好為了保險起見，有多買一點——好了，那我們開始動手做吧。」

「嗯！」

琴里說完，十香便用力點了點頭。

但立刻又歪頭提問：

「……唔，琴里，這個要怎麼融化啊？」

「咦？妳在說什麼啊？這還用說嗎？當然是把巧克力……」

話說到一半，琴里突然沉默。

不，不只沉默，連身體的所有動作都靜止了數秒，只有汗水慢慢從臉頰滑落。

「……琴里？」

「妳怎麼了？」

「等、等、等一下。」

精靈們一臉疑惑地詢問琴里，琴里才終於解除石化狀態。她一邊擦拭汗水一邊逼自己回想起以前和媽媽一起做巧克力時的記憶。

然而，逐漸甦醒的記憶卻是從正在將已經成為液狀的巧克力倒進模具的這一幕開始。沒錯……當時媽媽說琴里自己用火太危險，便幫她融化了巧克力。

沒想到今音回〈佛拉克西納斯〉的弊病竟會以這種形式出現。琴里將手抵在額頭上，苦澀地咬牙。

於是，狂三見狀，嘻嘻嗤笑。

「哎呀，琴里，妳不知道巧克力調溫的方法呀？不介意的話，我可以教妳喲。」

「……！吵、吵死了妳。這種小事我當然知道啊！」

琴里氣憤地吐了一口氣，誇下海口。

不過片刻過後，她的腦中充滿了問號。

——調溫？調溫是什麼意思？融化巧克力嗎？調什麼溫……燙捲髮嗎？

「…………」

琴里瞥了七罪一眼，七罪嚇一跳而抖了一下肩膀。

「……看、看我幹嘛？」

「沒、沒有，沒事——總之，先融化巧克力吧。只要融化就可以，沒必要想得那麼困難。」

琴里虛張聲勢地如此說完，從架上拿出鍋子，放在瓦斯爐上。

然後將整塊巧克力扔進鍋子後，打開瓦斯爐。在中式料理店也通用的業務用瓦斯爐強大的火力逐漸加熱鍋子。

於是，觸碰鍋底的巧克力慢慢瓦解，變得黏稠。十香等人「喔喔……」地發出讚嘆聲。

「琴里，好棒喔，巧克力正在融化耶！」

「嗯，著實令人佩服。」

「喔，妹妹，真有妳的呢。不愧是少年的妹妹。」

大家紛紛稱讚琴里。琴里儘管感到些許不安，還是得意地挺起胸膛。

「對、對吧？只要我出馬，這點小事——」

「……不覺得有燒焦味嗎？」

「咦？」

聽七罪這麼一說，琴里連忙望向鍋內。

「噫——！」

開始融化的巧克力在鍋底起泡沸騰，眼看就要燒焦。不久，鍋裡冒出濃濃的黑煙，四周瀰漫著焦臭味。

「不、不好了！水！給我水！」

「喔……喔喔！」

「好、好的，拿去……！」

琴里將遞來的一杯水倒進鍋子裡。鍋子發出「滋滋滋滋滋滋……！」的聲音，吐出比剛才還多的煙——鍋內終於平靜下來。

「呼……！呼……！」

「急、急死我了……」

「欸、欸，妹妹，製作巧克力是這種感覺嗎？」

「唔唔……！」

被二亞這麼一問，琴里的額頭冒出汗水。

鍋裡是超越茶色變得焦黑的液體，還浮著仍然維持固體的巧克力。至少，就算把這些凝固起來感覺也不怎麼美味。

「哎呀、哎呀。」

就在這時，琴里突然與狂三四目相交。

狂三與琴里對看的同時，露出溫柔的微笑──簡直像在表達「我隨時都可以幫妳喲」。

「唔……！」

琴里不甘心地皺起臉。雖然想請教狂三是事實，但她的自尊不允許自己拜託狂三。

「……那、那個，耶俱矢、夕弦，妳們以前沒比賽做巧克力嗎？」

琴里壓低聲音避免讓狂三聽見，詢問八舞姊妹。於是，兩人將手抵在下巴思考。

「創生與本宮不相容。破壞與殲滅才是吾之起源。」

「翻譯。很遺憾，我們沒有做過巧克力，倒是有比賽誰吃得快。」

「這、這樣啊……」

琴里沮喪地垂下肩膀。「不過——」耶俱矢接著說：
「本宮倒是對融解那漆黑之塊的方法有頭緒。」
「同意。記得電視上好像是使用熱水。」
「熱水……」
琴里聽見兩人說的，赫然瞪大雙眼。
這麼說來，媽媽好像有用鍋子煮熱水。原來如此，這麼一來就不用擔心巧克力會燒焦。
「就是這樣！」
琴里準備另一個鍋子，在裡面裝滿水，然後打開爐火。
不久，水咕嘟咕嘟地沸騰起來，開始冒出水蒸氣。
「很好。」
琴里拿起巧克力，直接扔進熱水中。不知為何，當時好像有聽見七罪發出一聲「啊……」，不過應該是聽錯了吧。
扔進熱水的巧克力立刻失去了邊角，快速融在熱水之中。
「融化了、融化了。接下來只要把水凝固就好了。」
「唔……妹妹，模樣似乎和妾身所知的巧克力不同呢……」
探頭看琴里手邊的六喰一臉疑惑地說道。琴里「啊哈哈」地笑了。

「這種狀態的巧克力，如果不是親手製作，恐怕不常見吧。沒關係，只要倒進模具凝固，就會變成平常的巧克力了。妳擔心的話，要不要嚐嚐看味道？」

「嗯，也好。」

「！琴里！我也要！我也要嚐味道！」

十香眼睛閃閃發光地舉起手。琴里說著：「好好好。」舀起些許融化的巧克力放進小碟子裡，遞給兩人。

兩人同時舔了一下巧克力。

不過——

「……唔，唔……？」

「琴里……？味道感覺好淡喔……」

「咦？」

琴里皺起眉頭，自己也嚐了味道。

然後——露出和兩人相同的表情。

「嗯……這是什麼？不好吃……」

「……呃，那是當然，因為跟熱水混在一起，才會這樣吧……」

七罪眯起眼睛說道。琴里赫然抖了一下肩膀……聽她這麼一說，還真有道理。

「那、那麼，到底該怎麼融化才好啊……」

當琴里抱頭苦思時，這次換美九像是想到了什麼主意，露出豁然開朗的神情。

「啊！琴里，人家想到一個方法了～～」

「…………」

琴里對美九投以懷疑的視線。如果有好方法，當然希望美九務必指教，但感覺她的表情異常燦爛。

「……什麼方法？我姑且問一下，但如果妳說出用舔的融化巧克力再凝固起來這種方法，我可是會生氣喲。」

「呀～～！妳怎麼會知道～～！我們果然是心有靈犀一點通～～！」

「喂……啊～～真是的，走開啦！」

琴里推開逼近自己的美九，再次抱頭煩惱。

她的自尊不允許她請教狂三。有沒有其他擅長料理的人——

「……！對了，折紙！」

琴里抬起頭，望向折紙。

文武雙全，任何事都處理得十全十美的折紙，製作巧克力這點小事肯定難不倒她。

不過——

「什麼事？」

「……………」

折紙不知何時用自己帶來的電腦和３Ｄ列印機印出自己的裸體。琴里看著她，沉默無語。

……總覺得，無法將自己腦海裡想像的製作巧克力的畫面，與眼前用機器列印出來的物體順利連結起來。

「……………加油。」

「我會努力。」

琴里流下汗水說完，折紙便一臉認真地點點頭。

然後，三度陷入困境。

七罪可能是看不下去了，非常客氣地發出聲音：

「……琴里。」

「……幹嘛？」

「……沒有啦，那個，我不知道這個方法對不對，失敗了也完全負不起責任，況且妳可能根本不想聽我說話──」

「不會啦，所以妳到底想說什麼？」

琴里眉頭深鎖如此說完，七罪便撇開視線回答：

「……我知道簡單的做法。」

「…………老師！」

琴里緊緊握住七罪的手。

「喔喔……！」

「七罪，好厲害……！」

其他精靈也跟著對七罪投以尊敬的眼神。七罪受到驚嚇般抖著肩膀，坐立不安地視線游移。

「沒、沒這回事，妳們對我這麼期待，也只會加深我的困擾……」

「老師！首先要怎麼做！」

「……呃，將切碎的巧克力放進碗裡，然後隔水加熱。啊，盡量保持一定的溫度……」

七罪結結巴巴地下達指示。精靈們興致勃勃聽從她的指示，立刻動手製作巧克力。

於是——

「……？」

這時琴里突然抽動了一下眉毛。

「——呵呵呵，呵呵。」

狂三看見精靈們的模樣，有些開心地笑了。

並非嘲笑挑戰自己的弱者那種笑容，而是彷彿滿心關懷地注視著年幼的妹妹們。

不過，當琴里面向狂三，她已經將視線移開，繼續製作巧克力。

「……是我看錯了吧。」

琴里微微聳了聳肩，拿起碗準備將巧克力倒進去。

「好，那麼各位，要做出不輸給狂三的巧克力喔！」

「喔——！」

精靈們高舉拳頭呼應琴里說的話。

第四章　過往的罪孽

於是，二月十四日的早晨來臨。

冠上聖華倫泰之名的情人節——士道與狂三的決戰之日。

「…………」

士道在廁所洗臉洗得比平常還仔細，接著望著鏡中的自己，用力拍了臉頰振奮精神。響起「啪！」一聲清脆的聲音，細小的水滴同時飛濺到鏡子上。

「——好。」

士道用毛巾擦乾臉，將捲起的袖子拉下，走出廁所……當然，也不忘仔細擦乾濺到鏡面上的水滴。放著不管的話會留下白色的痕跡，清理起來非常麻煩。

這舉動非常平民……應該說非常像家庭主夫。

不過，士道覺得自己這樣的個性沒什麼不好。

對方是勁敵，時崎狂三。士道在好幾個月前就遇見她，卻是唯一一個無法封印的精靈，想必沒辦法那麼輕易令她迷戀上自己。

不過，士道也完全沒打算在今天赴死。

他一定會再次出現在這裡洗臉。所以，不能放著造成細微髒汙的原因不管。因為要是交給琴里打掃，她應該會用蠻力擦掉髒汙，傷害鏡面——

若是被琴里聽到，肯定會挨罵吧。士道思考著這種事，打開客廳的門後，頓時停住腳步。

因為琴里就站在門後，彷彿在等他一樣。

「嗚喔！」

雖然她不可能看穿士道的心思，但士道還是對她突然出現大吃一驚。

大概是看見士道的反應，琴里一臉不滿地嘟起嘴脣。

「你那是什麼反應啊，有必要叫那麼大聲嗎？」

「沒、沒有啦……就是有點嚇到而已。」

琴里一臉懷疑地盯著士道的臉幾秒後，立刻聳了聳肩說：「算了。」

然後隨意亮出藏在背後的東西。

「這個送你。」

「咦？」

士道一雙眼睛瞪得老大，仔細端詳琴里拿出的東西。那是一個包裝漂亮的小盒子。紅色包裝紙配上黑色緞帶，就像穿著軍服的琴里一樣。

「啊……這該不會是巧克力吧？」
士道說完，琴里哼了一聲，臉頰微微泛紅，移開視線。
「……算是吧。妹妹送你的，也沒什麼好炫耀就是了。」
「才沒那回事呢。謝謝妳，琴里。」
士道面帶微笑收下巧克力後，琴里便撇過頭，臉頰變得更加通紅。
「好好好。還沒結束，你看。」
「嗯？」
士道歪了歪頭，琴里便微微抬起手朝客廳做出招手的動作。
於是，疑似在客廳等候的五名精靈各自拿著盒子或袋子，聚集到士道身邊。從右到左分別是四糸乃、七罪、六喰、美九和二亞。
「哇！妳們都來了啊？今天真早呢。」
「對……為了來送你這個……」
「……我要送不送都無所謂啦，但還是跟風送一下……」
「唔。請收下，郎君。切勿敗給那個女人。」
「別擔心～～裡面沒有放奇怪的東西～～」
「沒錯、沒錯，是天然的東西。」

「怎麼覺得後半段的發言很恐怖啊！」

士道發出哀號，美九和二亞便哈哈大笑。

總之，士道的手上接二連三堆起了巧克力。他「啊哈哈」地苦笑，向大家道謝。

「哈哈……謝謝妳們。這是我出生以來第一次收到這麼多巧克力。」

「不……不客氣。」

「欸～欸～你打開來看看嘛～～！」

「喔，可以嗎？那麼……」

美九如此催促，士道便將收下的盒子和袋子放到桌上，依序拆開包裝。

可以看見心形、星形、松露等各式各樣的巧克力。一眼便能看出不是市售品。

「喔，這些該不會是手工巧克力吧？」

士道說完，精靈們有些自豪地點了點頭。

「製作過程還好嗎？琴里，妳沒有直接把巧克力放進鍋子或是扔進熱水裡吧？」

「我、我怎怎怎怎麼可能那樣做呀！」

琴里明顯動搖，視線游移。其他精靈見狀，有些開心地笑了。

看來，她曾經做出類似的事情。琴里並非完全不會下廚，只是有時候有些粗枝大葉又冥頑不靈。

但現在擺在眼前的巧克力，雖然是外行人做的，卻做得非常漂亮。呈現出來的外觀十分均勻，裝飾也表現出各自的特色，可愛極了。

順帶一提，琴里的巧克力是正統的愛心形狀；四糸乃是「四糸奈」形；七罪是松露巧克力；六喰是大小不一的星形；美九是音符圖案；而二亞則是胸部巧克力，在半圓形的棕色巧克力上方放上草莓巧克力，做出突起的樣子。

……雖然有一部分的巧克力令人不知該做何反應，不過收到這麼多巧克力，身為男生真是幸福至極。士道再次向所有人道謝後，每樣巧克力都各嚐一口。

「嗯，真好吃！哈哈，這下子連專家都自嘆不如嘍。」

聽見士道說的話，精靈們全都一臉開心。

其中，琴里露出有些安心的模樣聳了聳肩。

「你喜歡就好。你今天可得好好加油才行呢。」

「嗯——是啊。」

士道用力點點頭，再將一片巧克力扔進嘴裡。糖分立刻產生能量，與精靈們為他加油打氣的實際感受合而為一，使他渾身充滿幹勁。

琴里見狀，苦笑著聳了聳肩。

「看你這個樣子，應該是不用擔心了吧——噢，不過，勸你最好還是別吃太多。」

「咦？」

士道聽了琴里說的話，流下汗水。

「該不會真的加了什麼吧……」

「不是啦！我的意思是，還有學校那組精靈會送你，所以最好不要吃太飽啦！」

琴里拍了士道的額頭，如此說道。

二十分鐘後，士道打扮整齊，在大家目送之下走出家門後，便在門口看見十香的身影。

「！喔喔，士道！早安！」

十香一發現士道，便朝氣蓬勃地朝他揮了揮手。

「嗯，早安啊，十香。我該不會讓妳等很久了吧？」

「沒有，沒那回事！我才剛到！」

十香吸著鼻水一邊說道。仔細一看，感覺鼻頭有些發紅。雖然不知道十香所說的「剛到」究竟是指什麼時候，但她似乎在寒冷的地方等了很久。

不過，十香絲毫不在意，從手上拿著的紙袋裡拿出包裝精美的盒子，遞給士道。

「士道！情人節快樂！」

接著這麼說了，對士道綻放燦爛的笑容。

「喔，謝謝。」

他已經收到琴里她們送的巧克力，照理說已經猜想到也做好心理準備了，但像這樣收到禮物還是很開心，也有點難為情。士道臉頰泛起淡淡的紅暈，收下巧克力。

「謝謝妳，十香。」

「嗯！我對自己做的巧克力很有自信喲！」

十香點點頭，眼睛散發耀眼的光彩，望向士道。顯然是在等士道發表對巧克力的感想。

「哈哈……」

雖然有點沒規矩，但也無可奈何。士道拆開包裝，打開盒子。

裡面裝了好幾個撒上黃色粉末的松露巧克力，散發出淡淡的香氣。這是——

「啊，該不會是黃豆粉吧？」

「喔喔！你竟然猜得出來！」

十香拍拍手。原來如此，沒想到竟會是黃豆粉松露。就某種意義而言，算是非常符合十香個性的巧克力。

士道拿起一顆巧克力扔進嘴裡。溫和的生巧克力甜味與香氣濃郁的黃豆粉在口中交融。雖然不知道是受到誰的指導，但做出來的成品非常成功。

「嗯，很好吃！十香，妳手藝很好嘛——」

說到這裡，士道止住話語。

因為十香露出垂涎欲滴的表情望著士道。

「……妳也要吃嗎？」

「！不、不用，沒關係。那是要送給你的！」

「這樣啊。那我請妳吃就沒問題了吧。」

士道說完，十香一雙眼睛瞪得老大。

「唔！這、這樣說……是沒錯啦。」

「那麼，給妳。」

士道扔了一顆巧克力到十香的嘴裡。

於是，十香猛然伸直背脊，緊接著露出心蕩神馳的表情。

「啊嗯……好、好好吃！叫主廚過來！」

「那不就是妳自己嗎？」

士道苦笑著如此說完，十香便驚覺道：「啊！對喔！」

不過，總不能在這裡吃得精光，士道決定剩下的過一會兒再享用。他小心翼翼地將盒子收進書包。

「好了，那我們走吧——對了，今天狂三沒有來呢。」
「唔？喔喔，聽你這麼一說，還真的是呢。」
十香東張西望說著。士道將手抵在下巴，發出低吟。
今天是決戰之日。大概是把重點放在放學後吧。
士道握緊拳頭，振奮精神大喊：「好！」接著和十香一起邁步前往學校。
「……嗯？」
過了約二十分鐘。
抵達學校前面，士道瞪大了雙眼。
這也難怪。因為八舞姊妹宛如金剛力士像一樣在校門口左右兩邊等待。
「耶俱矢和夕弦？妳們在這種地方做什……」
「士道，汝來了啊！呵呵，吾之金色十字陵矗立於此！」
「贈送。等你好久了。請收下。」
耶俱矢和夕弦將盒子遞給士道，打斷他說話。在周圍走的學生似乎也從今天的日期立刻察覺到兩人的行動代表什麼含意。兩人送巧克力的方式落落大方，毫不忸怩，四周傳來稀稀落落的掌聲。
「喔、喔……謝謝妳們。不過，不用特地在這種地方送我也沒關係。」

「呵呵，還以為汝要說什麼呢。既然就讀同一所學校，哪有放過此等優勢的道理？」
「首肯。在大家面前送巧克力，也能牽制敵人。」
八舞姊妹自信滿滿地如此說完，便有如龍捲風一般轉過身。
「目的已經達成！再會！」
「解說。她的意思是，耍完帥還是覺得在大家面前送巧克力很害羞，想要立刻離開。」
「我又沒那麼說！」
耶俱矢發出哀號，追在早一步逃走的夕弦身後，朝校舍奔去。
順帶一提，之後打開包裝確認後，耶俱矢的巧克力是貼上金箔的十字架形狀，夕弦的則是撒上糖珠的漂亮銀色巧克力。
「兩人還是像暴風一樣，來無影去無蹤呢……」
士道臉頰流下汗水如此說完，便帶著收下的巧克力走向校舍。
不過——當他踏進自己的教室後，又瞪大了雙眼。
「什麼……」
士道會有這種反應也是理所當然。任誰看到有一座精巧的天使雕像豎立在自己的書桌上都會做出這種反應吧。
靠近一看，發現那座雕像全是用巧克力做成的。由於雕工太過精細，令士道的額頭不禁冒出汗水。

犯人早已呼之欲出。

「……折紙。」

「什麼事？」

士道呼喚這個名字後，立刻有人回答。這也難怪，因為犯人就坐在士道隔壁的座位。

沒錯。那座天使雕像的容貌，無論從哪個角度看都是折紙本人。

「該怎麼說呢……那個……真厲害呢。謝謝妳。」

「我好高興。」

士道找不到其他話來形容，老實地訴說感想，折紙便紅著臉莞爾一笑。

「不過，我現在沒辦法吃，如果妳能收起來，我會很感激……」

「這一點我也料想到了。」

折紙如此說著，將形狀複雜的塑膠蓋套在巧克力上。不到一分鐘，巧克力便被包裝成像美少女人偶那樣完美。

「這樣就沒問題了。」

「謝、謝謝妳……不愧是折紙。」

士道苦笑著說完，將書包和耶俱矢、夕弦送他的巧克力放到書桌上。

「……嗯？」

就在這個時候，他發現了一件事。教室角落傳來有人嘀嘀咕咕的聲音。

「……可惡、可惡、可惡、可惡！」

「去死去死去死去死去死……」

「炸彈……材料……製作方法……」

沒錯。那是班上的男同學們看見士道帶的東西後，怨聲載道的聲音。

「…………」

士道無力地臉頰抽搐。雖然五味雜陳，但也不是不明白他們的心情。

士道早上也對琴里她們說過，這是他生平第一次在情人節收到這麼多巧克力。直到去年為止，頂多只收過琴里和媽媽送他的巧克力。

不過，士道倒是曾收過朋友殿町宏人一邊說著「呵呵呵……我把附近商店賣的限定巧克力全都搜刮一空了。這下子就沒有人可以送巧克力了……」分送給他的看似昂貴的巧克力，但這應該不能算在內吧。

順帶一提，話題中的殿町目前也和其他男同學一樣，表情交雜著悲哀和憤怒，盯著士道。

「各位同學……現在執行儀式。」

殿町在教室角落打開手上的盒子。

裡面裝著用白巧克力寫上「五河」二字的人形巧克力。

殿町慢慢舉起那個盒子，一群男同學便跳起奇怪的舞蹈，發出咚咚叩咚叩咚叩咚咚叩咚叩咚叩……（類似）太鼓的聲音。

「啾哇——！」

在聲音達到最高潮的時候，殿町慢慢從口袋拿出五寸釘，口中發出奇怪的聲音，同時釘進「五河」的胸口。

巧克力身體產生龜裂，「五河」變得支離破碎。

接著，在四周蠢動的男同學們開始群聚在那些巧克力碎片旁。

「呀哈！五河四分五裂了！」

「好吃！真好吃！」

「我要，吃掉，五河……然後，得到五河的女人緣……」

「………」

士道看著那充滿世紀末動蕩不安的驚悚場景，臉頰流下汗水。

那群人平常沒有奇怪到那種地步啊……看來情人節對男生來說果然是特別的日子。

大概是看不下去那群男同學的所作所為，三名女學生一邊嘆氣一邊站起來。

她們是班上的名人，山吹亞衣、葉櫻麻衣、藤袴美衣——通稱亞衣麻衣美衣三人組。

「真是受不了這些男生……」

「好了好了，都過來～～」

「來～～來來來～～」

亞衣、麻衣、美衣如此說著，從書包裡拿出一包塑膠袋，裡面裝滿了巧克力，一看就知道是拿來做人情的。三人將袋裡的巧克力撒向四周。

於是，原本群聚在生祭祭壇的一群男子猛然抬起頭，以驚人的速度接住空中的巧克力。撒出的巧克力目測約有三十個。

不過，沒有一個落到地上。

「感恩三人……讚嘆三人……」

「女生送的巧克力……吃起來竟然這麼甜……」

「五河之毒……逐漸被淨化了……」

（彷彿看見）漆黑的氣息從男子集團身上逐漸散去。

這時誰都沒有想到，其中一名美術社社員因為對亞衣、麻衣、美衣此番充滿慈悲的行為大受感動，而後創作出一幅名畫《將巧克力撒向民眾的自由女神》。

「唔，怎麼回事？好吵鬧啊。」

「……嗯，是啊，別管他們吧。」

就在這時——

「……！」

精靈們一齊望向同一個方向。

士道跟著移動視線——然後肩膀微微抖了一下。

狂三就站在視線前方，與士道眼神交會的瞬間朝他嫣然一笑。

「呵呵呵，早安呀，士道。一大早就熱鬧滾滾呢。」

「嗯……早啊，狂三。」

士道回以問候，接著不由自主地嚥了一口口水。

不過，這也是理所當然的事。因為今天是狂三指定的了斷之日。

昨天和前天，士道和狂三不斷展開激烈的攻防戰。

但是，今天放學後情形將有所改變。因為他要與狂三兩人單獨約會，其他精靈不會在場。恐怕狂三也會使出渾身解數來虜獲他的心吧。

「…………」

士道緊張得再次濕潤乾渴的喉嚨。結果，狂三眼尖地發現這個小小的動作，笑呵呵地揚起嘴角。

「呵呵，別著急，士道。」

說完，狂三向前踏出一步，將嘴脣湊近士道耳邊。

「好戲在後頭——」

「……！」

淫穢無比的聲音突然震動鼓膜，令士道身體差點抖了一下。

不過，他避免讓狂三發現內心的動搖，好不容易忍耐下來，露出微笑。

「嗯，我很期待——妳放心吧，精靈公寓的房間我已經幫妳準備好了。」

「哎呀、哎呀。」

狂三加深臉上的笑意，通知上課的鈴聲也同時響遍整間教室。

◇

「嘻嘻嘻嘻。」

「嘻嘻嘻嘻嘻。」

「嗤嗤嗤。」

「嗤嗤嗤。」

「好了、好了，接下來的『預定』是？」

「正好在一小時後。」

「哎呀、哎呀。」

「還真是趕呢。」

「真是貪得無厭呢。」

「嘻嘻嘻，嘻嘻。」

「那是當然。」

「因為對她們來說──」

「才經歷過沒幾次。」

「是呀、是呀，而且──」

「沒錯、沒錯，她們也有她們的理由吧。」

「沒辦法責怪她們。」

「當然，我也有我的理由。」

「而且既然那個方法強碰到──」

「我也不打算手下留情。」

「好了、好了，那麼接下來──」

「該我們上路了。」

「好的、好的。」

「麻煩嘍。」

「願死得有價值。」

「願死得有意義。」

「為了『我』。」

「為了『我』。」

「為了『我』。」

「——為了士道。」

◇

——今天時光過得飛快。

士道聽著響徹教室的下課鈴聲，如此心想。

當然，並不是時鐘的指針真的轉得比較快，只是單純因為思考著今天放學後的事情，不知不覺就上完一天的課了。

不過，沒有人責備士道。

因為他今天的約會對象是最邪惡的精靈時崎狂三。
這名少女雖然容貌姣好，本性卻是——
「……不。」
想到這裡，士道抿起嘴唇打消念頭。
狂三確實是擁有強大力量的精靈，說不害怕是騙人的。
但士道今天無論如何都必須讓她迷戀上自己。怎麼可能會有少女對害怕得想要逃走的男生敞開心房呢？
——恐懼、怯懦都必須拋下。
讓心臟劇烈跳動的只需面臨約會時的激昂與緊張感就夠了。
士道用手掌用力拍了臉頰好振奮起精神。
『看來，我也沒必要說什麼了呢。』
在士道下定決心時，戴在右耳的耳麥正好傳來琴里的聲音。
為了協助士道，琴里和船員們早已在飄浮於來禪高中上空的〈佛拉克西納斯〉內待命。教室中也派了幾架自動感應攝影機，正在窺視狂三的情況吧
士道心意已決，慢慢從椅子上站起來。
這時，從隔壁的座位傳來輕柔的聲音。

「士道……」

循聲望去後，發現十香正對他投以些許不安的眼神。

「十香……」

士道面帶微笑，從書包裡拿出一個盒子——是今天早上十香送他的。

十香對士道的行動感到詫異。士道在她面前打開盒子，拿起一顆放在裡面的黃豆粉松露巧克力扔進嘴裡後，豎起大拇指。

「嗯，真好吃——這樣我就勇氣百倍了。」

「喔喔……！」

十香瞪大雙眼，接著樂開懷地揮舞著雙手。

結果這次換十香的相反方向——左邊的座位朝士道投射目不轉睛的視線。

「士道。我的巧克力會讓你勇氣千倍。」

折紙面無表情，話語之中卻充滿奇特的魄力。

不過，折紙的巧克力是精巧的十六分之一折紙模型，實在不方便在這裡拿出來，而且如果像吃十香的巧克力那樣隨意咬下，感覺有可能會形成十分淒慘的光景。士道苦笑著搔了搔臉頰，面向折紙。

「妳的巧克力我之後再吃——等我封印狂三的靈力之後。」

「…………」

聽見士道說的話，折紙點頭表示理解。

士道來回望了望兩人後，堅定地說：

「我走了。」

「嗯……！」

「祝好運。」

背後傳來兩人的聲援，士道踏出腳步。

然後踩著緩慢的步伐站到狂三面前。

「嗨，狂三。」

「哎呀，士道，有什麼事嗎？」

明明是自己指定今天為決戰之日，狂三卻故意裝傻，打趣地說道。

士道輕聲嘆息，配合狂三有些裝模作樣地朝她伸出手。

「我可以邀妳去約會嗎？」

「哎呀、哎呀。」

狂三刻意將一雙眼睛瞪得老大，莞爾一笑。

「如果你不嫌棄，我樂意奉陪。」

然後像名媛一樣優雅地牽起士道的手站起來。

在旁人的眼裡看來，他們的互動肯定就像提出邀約的男人和答應邀約的女人。事實上也是如此，目睹這幅情景的同班同學們開始竊竊私語。

不過，十香和折紙的反應與大家有些不同。

她們的眼神充滿緊張，但還是相信士道，不加以干涉。

因為她們非常明白——那乍聽之下優美的語話，無非是士道與狂三開戰的狼煙。

「那麼，我們走吧。」

「嗯，走吧。」

士道點頭同意，整理好服裝儀容和書包後，便和狂三一起離開教室。

途中，耶俱矢和夕弦從隔壁教室探出頭來，對士道豎起大拇指。士道也回以同樣的動作，繼續在走廊上前行。

看見這幅奇特的光景，學生們騷動不已，但士道對那些聲音完全置若罔聞。

他在班上的風評早已難以回天。這一年來他被同學們取了許多不名譽的綽號，比如「轉學生殺手」、「光速五河」、「前世積德，今世業障深重的男人」等。如今再多增加一兩個醜聞，也不過是多了幾個有憑有據的傳聞和幾根釘稻草詛咒娃娃的釘子罷了。

『——士道。』

正當士道邊走邊思考這種事情時，耳麥突然傳來琴里的聲音。
『選項出來了。在走出校門之前，先決定目的地吧。』
空中艦艇〈佛拉克西納斯〉的主螢幕映照出士道和狂三並肩而行的影像，上頭跳出三個選項。
①**自家**。
②**KTV**。
③**網咖**。
這是以顯現裝置所偵測到的狂三的心情、精神狀態、對士道的好感度等數據為基準，產生出的行動指標。
「全體人員，選擇！」
琴里發號施令，位於艦橋下方的船員們便同時開始操作控制檯。
數秒後，螢幕上顯示出統計結果。
第②選項以些微的差距高票當選。琴里撫摸著下巴低吟道：
「原來如此，妥當的場所……不過，瑪莉亞，今天的選項好像差異不大呢。」

琴里說完，螢幕上顯示出「ＭＡＲＩＡ」這幾個字，設置於艦橋的擴音器響起聲音。

它是〈佛拉克西納斯〉的管理ＡＩ，通稱瑪莉亞。

『我之前也說過，選項是根據精靈的各種資料自動產生的，並非由我來製作。不過，若是硬要我表達意見，應該是為了一決勝負吧。』

「勝負？」

『沒錯。對方是難纏的時崎狂三，無論哪個選項都是在背負風險但能採取快攻的地方。』

「快攻……？」

『老實說，就是能讓兩人單獨相處的密閉空間。』

「……原、原來如此……」

聽見危險的單字，琴里差點皺起眉頭，但她立刻轉變心情，將嘴湊近麥克風。

「總、總之，士道，選②——」

『不——等一下。』

就在琴里拉過連結耳麥的麥克風要對士道下達指示時，螢幕中的士道突然如此說道。

士道在學校的鞋櫃處換鞋子時——

發出聲音打斷〈佛拉克西納斯〉傳來的指示。

狂三現在也在她自己的鞋櫃處，只要不大聲說話就不須擔心被聽見談話內容。士道一邊瞥向狂三，扶著耳麥。

『怎麼了？有什麼在意的事嗎？』

琴里納悶地詢問。士道輕輕搖頭表示否定，接著說：

「——我已經決定接下來的目的地了。」

『咦？』

士道說完，琴里發出深感意外的聲音。

接著，耳麥傳來其他聲音，像在表達換人發言。那是如銀鈴般的少女聲音，〈佛拉克西納斯〉的ＡＩ瑪莉亞。

『你的意思是，信不過我的性能嗎？』

「不，不是那樣的……」

面對有些鬧彆扭的瑪莉亞，士道傷腦筋地回答。數秒後，傳來瑪莉亞像在竊笑的吐息聲。

『開玩笑的——我們終究只是輔佐的角色。既然意志堅定，貫徹到底才是男子漢吧。』

「瑪莉亞……」

士道說完，瑪莉亞請示琴里。

『司令，您的看法如何？』

明明平常都喚她「琴里」，這次卻故意這麼說。

片刻後，琴里唉聲嘆了一口氣。

『真是的……要是我這時反對，不就顯得我不通情理嗎？』

在一陣亂搔頭髮的聲音後，琴里回答：『好吧。』

『士道無疑是世上對付精靈最有一套的專家。既然你都這麼說了，我就相信你——瑪莉亞說的沒錯，我們只是輔助的角色。想怎麼做就怎麼做吧。等你一敗塗地後，再由我們出面處理。』

「嗯……琴里、瑪莉亞，謝謝妳們。」

士道表達完謝意，換好鞋的狂三正好走過來。

「讓你久等了，士道。」

「不會。那我們走吧。」

「好的。話說——」

說到這裡，狂三豎起一根手指輕觸嘴脣。

「我想去一個地方。」

「……！」

士道聽見狂三說的話，眉毛抽動了一下。耳麥立刻傳來琴里發出「哎呀」的聲音。

『對方盤算的跟你一樣呢。能誘導她到你想去的地方是最好不過，如果執行有困難，就以狂三的希望為優先吧。』

「哎呀……」

不過，士道並不怎麼焦急。

不知為何——總覺得狂三和士道心裡想的是同一件事。

「真巧呢，其實我也有想去的地方——大概跟妳想去的地方一樣。」

「哎呀、哎呀。」

狂三覺得士道說的話很有意思，露出笑容牽起士道的手。

「真是有趣呢。那我們就來對答案吧——帶我去你想去的地方。」

「好啊，交給我。」

雖然狂三手的冰冷觸感令士道嚇了一跳，他還是盡可能不表現出內心動搖，回握狂三的手。

然後慢步走向車站。

——數十分鐘後，士道和狂三一邊閒聊，最後來到矗立於天宮車站前的車站大樓。

『這裡是……。』

兩人進入大樓內，在某家商店前停下腳步時，耳麥傳來琴里的聲音。

琴里應該也察覺到了吧。這裡就是——士道以前和「時崎狂三」約會時造訪的內衣店。

「哦……士道想來的地方就是這裡嗎？」

狂三望著櫥窗莞爾一笑。士道點頭稱是。

「對，沒錯。」

「呵呵呵……是嗎？你就那麼想看我穿內衣的模樣嗎？」

「……！才沒有呢。不對，也不是不想，但不是那樣……」

士道看見狂三表現出戲弄他的反應，說起話來變得語無倫次。狂三見狀，嘻嘻嗤笑。

然後再次望向商店的方向說：

「——你答對了。」

「咦？」

「我想來的地方——正確來說，是其中之一。就是這裡沒錯——呵呵呵，你還記得跟『我』來過這裡啊，士道，我好開心。」

說完，狂三微微一笑。

沒錯。現在待在這裡的狂三跟以前和士道來過這裡的「狂三」，既是同一個人，也不是同一個人。

去年六月，出現在士道面前與他約會的「狂三」，是真正的狂三用天使〈刻刻帝〉製造出來的分身。

「從『那一天』起我就一直在思考，和你一起造訪這裡的『我』，究竟有什麼感覺——被你虜獲芳心的『我』，究竟是什麼樣的心情。」

「…………」

士道聽了狂三說的話，沉默不語。

當時和他一起逛街、歡笑的狂三，以及在校舍頂樓朝他伸出手的狂三，如今已不存在。

「狂三，妳——」

士道開口——但立刻止住話語。

因為如此說著的狂三，側臉看起來有些憂鬱落寞。

「……雖然都是些不成熟的孩子，但每個都是我。」

「…………」

士道再次默不作聲，數秒後，吐出一口長氣。

然後加強牽著狂三的手的力道。

「……？士道？」

「照當時的約會行程真的沒關係嗎？」

「咦？」

狂三聽了士道說的話，大吃一驚地看向他。士道揚起嘴角回望她。

「雖說是分身，但我可是曾經攻陷『時崎狂三』的男人喔。跟我重遊當時的行程看看——今天一整天結束後，恐怕妳滿腦子想的都會是我喔。」

「哎呀。」

狂三瞪大雙眼，莞爾一笑。

然後用更大的力道回握士道的手。

「那還真是令人期待呢。呵呵呵，你能讓我本人迷戀上你嗎？」

兩人對彼此微微一笑後，並肩走進店裡。

這裡是內衣店。店裡當然陳列著無數的女性內衣褲，情景宛如百花盛開的花田。

狂三愉悅地踏著舞步般的步伐前進，簡直就像隻蝴蝶。

烏黑亮麗的黑髮、一身黑色大衣，以及一邊紅色眼睛。是一隻擁有漆黑羽翼的美麗黑鳳蝶。

「——欸，士道，你當然也會幫我挑選內衣褲吧？」

狂三回過頭露出戲謔的微笑如此說道。她那可愛的模樣，令士道不自覺地有些小鹿亂撞。

「……！嗯，那是當然。」

「呵呵呵，好期待呀。那麼——你覺得哪一件好看？」

狂三開玩笑地歪頭問道。

她背後那些無數「花朵」，就像狂三拿著各式各樣的武器指向士道。

這時，耳麥傳來聲音要求指示。

『——士道，需要提供選項嗎？』

「……不用，這裡讓我自己決定。」

士道輕聲說完，猶不遲疑地踏出腳步，物色店內陳列的內衣褲。

不過，選擇太過性感的內衣褲也難以說是高招。因為這是讓對方心動的比賽。讓狂三穿上破壞力過高的內衣褲，恐怕會讓士道承受不住。

幾分鐘後，士道找到一套看起來很適合狂三，又不會太過性感，曲線絕妙的內衣褲，便呼喚狂三。

「狂三，妳看這件如何？」

「哎呀、哎呀，好可愛啊。我還以為你鐵定會選擇那種類型的內衣褲呢。」

狂三指著人型模特兒身上穿的煽情內衣褲說道。士道臉頰流下汗水。

「不不不，妳搞不好意外地適合這種內衣褲喔。」

「呵呵，是嗎？既然你都這麼說了，我就去試穿看看。」

狂三開心地如此說完，拿著士道挑選的內衣褲走進試衣間。

數分鐘後。

布簾唰一聲打了開來，身穿內衣的狂三現身在眼前。

「————！」

看見她的模樣，士道不禁屏住呼吸。

然後咒罵自己的疏忽大意和思慮不周。士道確實考慮過自己的承受度而選擇了較不暴露的設計款式。

然而他卻忘記內衣褲的價值並不僅建立在裸露的程度。

——前人曾說：「決勝內衣褲並不是指性感內衣褲，而是清純的白色內衣褲。」

沒錯。理應比較樸素的內衣褲，卻因為穿在狂三這個頂極素材的身上，發揮出了超乎預料的加乘效果。

清純又妖豔，可愛又豔麗。這反差令士道一時之間說不出話來。

「——士道？」

「啊……！」

聽到狂三的呼喚，士道赫然瞪大雙眼。

「怎麼樣？好看嗎？」

「嗯……很好看。好看到令人把持不住。」

士道說完，狂三瞬間雙眼圓睜，旋即羞紅了臉頰。

「呵呵呵，所以這套內衣褲也能把你迷得神魂顛倒嘍？」

「這個嘛……可就難說嘍。」

士道聽了狂三的話，聳聳肩說道……事實上只是死鴨子嘴硬，但他只能如此回答。

不知是否察覺到了士道真正的心思，狂三莞爾一笑。

「那麼，就買這件吧——士道。」

狂三說完對他招了招手。士道一臉疑惑地朝她走去。

「這個給你。」

「嗯……？」

狂三將一個類似一團黑布的東西交給他。士道納悶地皺起眉頭。

「這是什麼……啊——」

士道雙手打開那團布後——橫隔膜抽搐了一下。

然而，這也是理所當然的事。因為狂三遞給他的，是疑似她剛才脫下來，還殘留些許體溫的內褲。

「呵呵呵。機會難得，我決定今天就直接穿走你幫我選的內衣褲了——那個就送給你吧。」

「喔、喔……？」

士道不知該如何回答，只好滿臉通紅地如此回應。

◇

「唔……」

開始約會已過了約兩個小時。

琴里在〈佛拉克西納斯〉的艦橋監視兩人，不停地上下移動嘴裡含著的加倍佳糖果棒。

主螢幕上映出兩人離開內衣店，並肩走在路上，前往下一個目的地的身影。

士道的手緊緊握著狂三的手，狂三也不討厭他的舉動。事實上，顯示出來的數值雖然反應不大，但狂三對士道的好感度絕對不差。

「……真是奇怪。」

想必令音也意識到同一件事了吧。她將手抵著下巴，低吟般說道。琴里回答：「是啊。」瞥了一眼螢幕角落的數值。

那是狂三的精神狀態，不過——

「……顯然跟狂三平時的數值有差距，簡直就像在極度壓力下所呈現出來的狀態。不過，從她的反應看來，原因並非與小士約會。這究竟是……」

「…………」

聽見令音說的話，琴里愁眉苦臉。

精靈處於壓力之下。至少那並非琴里所期待的狀態。

不過，螢幕上顯示的狂三看起來十分開心，絲毫感覺不到會呈現那種數值。這件事反而透露出原因不明的危險氣息。

「──總之，各位，千萬不要大意。」

「了解！」

琴里說完，船員們同時大聲回答。

◇

晚上十點。士道和狂三並坐在公園的長椅上。

離開內衣店後，兩人繼續走訪當時的約會路線。

走過跟當時一樣的路，在同一間店用餐──最後來到了這裡。

夜幕低垂，照射公園的頂多只有微弱的月光和稀疏的街燈。四周已毫無人影，有種世上只剩下他們兩人的錯覺。

二月也到了中旬，太陽西下後的夜晚空氣冰涼，每次呼吸都會冒出白色的煙。照理說，這個時期、這個時間不應該在此地久留。

不過，這個公園也是士道和狂三約會路線不可或缺的一個地方。

「士道，你還記得這個地方嗎？」

「……嗯，記得啊。想忘也忘不了。」

士道語帶嘆息如此回答。這也難怪。因為這裡是士道第一次目睹狂三行凶，以及狂三屍體的場所。

「呵呵。」

狂三沒有回應士道，只是含糊地笑了笑，接著像是突然想起似的，從書包裡拿出一只可愛的盒子。

「對了，差點就忘記了呢——士道，情人節快樂。」

說完，狂三將盒子遞給士道。

士道苦笑著收下它。

「謝謝妳……妳竟然差點忘記啊？」

「是啊。因為——」

狂三吐出一口長氣，慢慢靠在士道的身上。舒適的重量擔負在肩膀上，狂三美麗的黑髮搔著臉頰。

「我今天玩得太開心了，說是在我記憶中排名數一數二也不為過。」

「狂三……」

士道溫柔地說著，莞爾一笑，從書包拿出一個小包裹。

「我也要送妳。情人節快樂，狂三。」

「哎呀、哎呀……？」

士道將包裹遞給狂三，狂三吃驚得瞪大雙眼。

「士道……我本來還在懷疑，你果然是女生……」

「才不是好嗎！是曾經流行過一陣子的男送女巧克力啦。又沒有規定男生不能送給女生巧克力！」

士道大喊，打斷狂三說話。於是狂三笑呵呵地說：

「呵呵呵，聽你這麼一說，也是呢——我可以打開來看嗎？」

「嗯，當然可以啊。」

兩人互相點頭示意後，打開對方送的盒子。

士道做的是蜜漬橘皮絲裹黑巧克力。黑色的色調與淡淡的苦味，總覺得很適合狂三。

而狂三的盒子裡則是裝滿了許多一口大小的巧克力，顏色和樣式都各不相同。

說是各不相同——也並非完全沒有統一感。那些巧克力全是貓咪的形狀，簡直就像在回應士道前幾天做的便當。

「哇，很可愛呢。」

「你的巧克力看起來也很好吃。」

兩人交換感想後，不約而同地將巧克力扔進嘴裡。

然後露出微笑，看著彼此。

「啊哈哈，真好吃耶。這個風味……是榛果嗎？」

「哎呀，不愧是士道呢。嗯嗯……你的巧克力也很好吃呢。」

兩人笑了一會兒後，陷入沉默。

「…………」

「…………」

並非無話可說。

只是——想像這樣凝視著對方。

「…………」

士道一把摟住狂三的肩，將她拉向自己，憐愛地撫摸著她的頭。

狂三沒有抗拒，反而像是期待已久地一下子就將身子靠過去。

若是一無所知的局外人看到兩人的樣子，肯定會以為他們是甜甜蜜蜜的情侶吧。而事實上，只要抬起她的下巴，應該就能輕易貼上她的唇。

然而——

『……不錯喔。她對你的好感度——不差喔。』

耳麥傳來琴里的聲音。看了這種狀況，她的聲音依然帶有難色。

換句話說，就表示即使現在親吻，也無法完全封印她的靈力。

接著傳來令音的聲音為琴里補充道：

『……狂三沒有說謊，可以判斷她真的打從心底很享受今天的約會。小士，她並非完全對你緊閉心房，反而可說是對你很有好感。』

『不過——』令音繼續說：

『……有一道高聳的心牆擋住她，類似決心……覺悟那樣的東西。就像是修行者為了悟道而斷絕快樂一樣，狂三自己銬上了巨大的枷鎖。必須找出原因，解開她心中的枷鎖，才能封印她的靈力。』

「…………」

——巨大的枷鎖。

士道默默地溫柔撫摸狂三的頭，在心中反覆思索這句話。

同時，他的腦海浮現二亞和折紙說過的話。

（——她好像是想用我的〈囁告篇帙〉調查事情。）

（——為了……殺掉初始精靈那傢伙。）

（——為了在三十年前的時間點，「抹消」那個精靈的存在。）

沒錯。能猜想到的，就只有一件事。

狂三想利用【十二之彈（Yud Bet）】回到三十年前消滅精靈的理由。

她不惜付出一切代價，堆屍成山也要達成目的的意義。

士道還不清楚。

「……我說，狂三。」

所以，士道開口了。

當然也包含自己若是輸了這場勝負就會失去性命的緣故。

不過，現在他更想知道倚偎在自己身上的這名少女所懷抱的願望、心情與決心。

「什麼事？」

「妳能不能告訴我——妳想打倒初始精靈的理由。」

「————」

士道如此說道的瞬間。

狂三的表情緊繃了一下。

但立刻又一臉無奈地嘆了一口氣。

「是二亞告訴你的嗎？真是個大嘴巴呢。」

狂三如此說完，慢慢從長椅站起來，向前走了幾步後回頭望向士道。

夜空下，街燈有如聚光燈一般照射著狂三。

那幅情景宛如舞臺劇的一幕。

「士道，你承受得住嗎？知道我的——一切後。」

少女在暗夜中特別顯眼的雙眸，像是要射穿士道般地直盯著他。

如血一般鮮紅的右眼……

與滴答滴答刻劃時間的金色左眼。

「……！」

有種被窺探內心的錯覺，令士道不禁倒抽一口氣。

不過，不能在這時退縮。他壓制因寒冷和緊張而想顫抖的手，凝視著狂三的雙眸用力點頭。

「——嗯。我已經做好心理準備。」

「是——嗎？」

狂三輕聲說完，以散發優雅的動作慢慢舉起左手。

於是那一瞬間，狂三盤踞在地面的影子歪斜扭曲，隨後一把設計古老的手槍從中飛出，不偏不倚地落在狂三的手上。

天使〈刻刻帝〉，相當於時針的手槍。

「什麼……」

面對突如其來的事態，士道感到詫異。此時狂三將槍口指向虛空，毫不猶豫地扣下扳機。幾次「砰砰」的清脆聲響徹四周。

戴在士道耳朵的耳麥同時傳來琴里等人驚慌失措的聲音。

『……！這是——』

『影像被切斷了！』

『自動感應攝影機好像被破壞了！』

「咦……？」

〈佛拉克西納斯〉船員的動搖震顫鼓膜，令士道不由得皺起眉頭。

但是狂三的行動並未就此結束。她向前踏出一步逼近士道，伸出一隻手撫摸他的臉頰。

下一瞬間，士道的耳裡再也聽不見〈佛拉克西納斯〉傳來的聲音——

因為小型耳麥被狂三的指尖摘下了。

「……！」

士道面露驚愕。狂三加強手指的力道，捏碎耳麥。火花隨著「啪嘰」的電子音四濺，煙霧從她白皙的指尖冒出。

換算成時間，大概不到五秒。

狂三只花費如此短暫的時間就切斷了士道與〈佛拉克西納斯〉的通訊。

她揚起嘴角，再次凝視士道的眼睛。

「──即使這樣，也想知道嗎？」

「……！」

士道頓時差點說不出話。

與〈佛拉克西納斯〉斷訊，就代表在精靈面前孤立無援。若是狂三有心，現在就能輕易地「吃掉」士道吧。

不過──

「──沒錯。」

士道筆直地盯著狂三，如此回答。

狂三的行動看起來確實像是堵住士道的退路。

但在士道的眼裡看來，那也表示她願意將不想透露給任何人的祕密告訴士道一人。

那麼，無法回應她的人就沒有資格宣稱要拯救精靈。

「…………」

狂三看了士道的反應後，突然垂下視線，將手槍扔回影子中，轉身背對士道。

「跟我來。」

然後這麼說著，在黑暗的路上快步前進。

「啊，喂。」

士道急忙追在她後頭。

就這麼走了約二十分鐘。

狂三與士道走進聳立在巷弄中的老舊住商大樓。

現在似乎是無人使用的廢棄大樓，破破爛爛的，一堆塗鴉，但好像還沒斷電。兩人沿著閃爍的微弱照明爬上階梯，來到三樓的某個房間。

「請進，士道。」

「這裡是……」

士道環顧整個房間說道。

這無疑是廢棄大樓的其中一個房間，但跟走廊不同，有好好打掃過。窗戶拉上窗簾，雖然簡樸，但也有擺放床。

「這是我在市內各處的其中一個據點。雖然什麼都沒有，還是請你不必拘束。」

「……原來如此。竟然被邀請到女孩子的房間，我還真是榮幸呢。」

「呵呵呵，你今天嘴巴很甜呢，士道。」

狂三嘻嘻微笑後，脫下大衣掛在衣架上。接著朝士道伸出手，歪了一下脖子。

「噢，謝謝。」

士道學狂三脫下大衣，然後交給她。

狂三將兩人的外套掛在掛衣架上後，慢慢走近士道——

「…………」

就這麼靠在他的胸口。

「狂三……？」

「士道，你說已經做好心理準備要知道我的一切了吧。」

「……是的。」

士道如此回答，狂三將臉埋進士道的胸口，沉默幾秒後——

「——那你就吃我一槍吧。」

這麼說著，慢慢移動左手。

移動她那不知何時再次握著手槍的左手。

「〈刻刻帝〉——【十之彈(Yud)】。」

狂三的影子不斷蠢動，逐漸被吸進手槍的槍口。

狂三以流暢的動作將手槍抵在自己的太陽穴——扣下扳機，子彈通過她的頭，射穿士道。

◇

那究竟是——多久以前的事了呢？

在某一天，某一所女校的某間廁所中。

「……唔唔。」

時崎狂三獨自照著鏡子，目不轉睛地盯著鏡子裡的自己的臉龐。

——那張左眼戴著眼罩的臉龐。

「果然有點引人注意吧？」

狂三移開眼罩隱約露出左眼，如此說道。

於是，藏在眼罩下的眼睛外露，映在鏡子上——化為金色時鐘的左眼球。

那並非戴上美瞳隱形眼鏡或特殊化妝之類所造成的。令人難以置信的是，那隻眼睛甚至附有時針、分針、秒針，滴答滴答地刻劃著時間。

沒錯。自從前幾天遇見的神祕少女澪遞給她一個散發出奇特光芒，類似寶石的東西後，她的左眼就變成異於常人的狀態。

不對——說得更正確一點的話，改變的不只是她的左眼。

「……呵呵呵。」

狂三目不轉睛地凝視著自己的眼睛，輕聲笑了笑。

看見自己的身體變得異常，說完全不害怕擔憂是騙人的。不過，狂三內心湧起的充實感與亢奮感卻遠遠凌駕於上。

就在這個時候——

「——狂三？妳怎麼了？」

「……！」

突然有人出聲攀談，狂三急忙將眼罩移回原來的位置。

循聲望去，發現朋友山打紗和不知何時站在那裡。狂三揮了揮手敷衍道：

「沒、沒什麼，我沒事。」

「…………」

狂三說完，紗和目不轉睛地盯著她的臉。

「妳的左眼，還沒有好嗎？」

「是、是啊。這針眼似乎很難好。」

「真是難為妳了……多保重。」

紗和關心地說完，像是想起什麼事情似的拍了一下手心。

「對了，狂三，妳今天放學後有空嗎？我嬸嬸說要帶栗子的兄弟姊妹過來玩。」

「咦……！」

面對突然的邀約，狂三的眉毛抽動了一下。

在貓界中原本就可愛度破錶的栗子，牠的兄弟姊妹自然也是不在話下吧，等於毛絨絨的小貓會倍增。狂三回想起栗子潤澤的毛色和肉球的觸感，沉醉了好一會兒。

但她立刻搖搖頭改變心意——今天有一件要事，無論如何都必須處理。

「不、不好意思，我沒辦法去……」

「哎呀，有什麼要事嗎？」

「對……我有一點事情要處理。麻煩下次再找我。」

「真是可惜，不過也沒辦法。那下次有機會再約妳。」

「一定喲，說好了喔！」

「好、好，我知道了。」

面對再三強調的狂三，紗和臉頰流下汗水，露出苦笑。

——當天放學後。

狂三獨自佇立在郊外的大廈頂樓。

紅色夕陽照耀著她的背部，狂風擺動著制服裙子。

「——妳來了呀。」

狂三小聲說了這句話。背後正巧響起輕微的腳步聲。

望了後方一眼，發現冒出了一名少女。

崇宮澪。幾天前出現在狂三面前——給予狂三「力量」的少女。

「嗨，狂三，今天也拜託妳嘍。」

「好的，交給我吧，澪。」

狂三這麼說的同時——四周靜謐無聲。

沒錯。跟狂三第一次遇見澪的時候一樣。

雖然不明白詳細的原理，但似乎是澪的力量所導致。在四周籠罩類似結界的東西，防止「敵人」逃到外面。

下一瞬間，狂三的眼下發生異常的現象。

暴風雪。突然出現冰雪結晶，颳起旋風。

而「那個」——就位於暴風雪的中心。

宛如冰塊化為人形輪廓的異常姿態。

雖然是第一次見到的類型，但不會錯。

——是精靈。澪口中所說，擁有強大力量，足以毀滅世界的怪物。

「那我走了。」

狂三簡短說完便用力一踏，輕而易舉地越過大樓的欄杆。

接著淩空一躍，朝眼下肆虐的冰之精靈落下。

當然，她並非想跳樓自殺。

「〈神威靈裝(Elohim)・三番〉。」

狂三吶喊這個名字的同時，影子纏繞住她的全身，形成淡淡發光的洋裝。

然後——

「——〈刻刻帝〉！」

狂三旋即呼喚這個名字，雙手上便立刻顯現出兩把做工精細，長短不一的老式手槍。

「真是的，來得真不是時候——我今天心情不是很好呢。」

狂三露出銳利的視線，從大樓墜落的同時將兩把槍的槍口朝向冰之精靈。

——希望妳打倒精靈，拯救世界。

自稱「正義使者」的崇宮澪如此說著，賜予狂三「力量」。

絕對的靈裝與——操控時間與影子的天使〈刻刻帝〉。

簡直像是兒童卡通其中的一幕。若是對朋友和家人提起，他們也肯定只會目瞪口呆片刻，嘲笑自己說了無聊的笑話。這件事就是如此荒誕無稽。

不過，身穿靈裝手持天使的狂三無法一笑置之。

超越常識範疇，實際存在的非凡力量。

以及必須以那份力量討伐的敵人。

狂三雖在安穩的環境中成長，但遭受異形怪物襲擊，被神祕少女拯救的這個體驗，足以令她接受這是現實。

——於是，時崎狂三成了精靈狩獵者。

必須蹈赴湯火是千真萬確，她並非無所畏懼。

但是，若非當時澪出手相救，她這條命老早就沒了——況且，「拯救世界」這個目的撩撥著潛藏在狂三內心已久的情緒。

想有所作為卻苦無手段和方法的人偶然獲得的異常力量。

親自拯救世界的實際感受填補了狂三內心的空洞。

因此——狂三戰鬥。

為了守護自己的世界、朋友、家人，到處斬殺無數現身城市的怪物。
她相信這樣對大家有所助益。
她相信這樣對自己有所助益。
相信那就是——自己的存在意義。

然而，沒想到夢想的終焉很快便到來。
——那一天。那一天狂三也和澪一起打擊精靈。
全身纏繞著火焰的異形，每踏出一步就朝四周散布高熱，焚燒建築物、行道樹。
無比強大又恐怖的敵人。
不過，狂三並沒有退縮。她雙手握住〈刻刻帝〉，不斷發射子彈。
「受死吧——……！」
【————————】
槍聲響起，火焰精靈也隨之倒地，但身子仍微微蠢動，如焦木般的手臂朝狂三伸去。
「——真是難纏耶。」
狂三嘆著氣說道，朝相當於精靈頭顱的部位射擊。之後精靈便不再動彈。

「哎呀……終於解決了。」

「——辛苦妳了。」

「呀！」

聽見後方突然響起的聲音，狂三的身子縮了一下。往聲音來源望去，發現澪不知何時就站在那裡。

「請不要突然冒出來好嗎？害我嚇一跳。」

狂三說完，澪便低頭道歉，接著說：

「之後的處理照慣例由我負責，妳先回去吧。我記得妳好像跟朋友有約吧？」

「是啊……那我就告辭了。再見。」

狂三如此說完，便消除靈裝和天使，離開現場。

她已經習慣這樣的互動。只要繼續走下去，沒多久就能走出澪設下的結界。

狂三瞄了一眼手錶——今天栗子的兄弟姊妹又要過來，她本來打算去紗和家玩，但似乎還有一點時間。

「——對了。」

狂三捶了一下手心，轉身走回來時的路。

並沒有什麼特別的理由，只是想帶澪一起去紗和家玩。

和澪開始討伐精靈已有一段時日，但除了戰場之外，狂三還未和她聊過天。臉上總是帶著愁容的澪若是跟可愛的貓咪接觸，肯定也會笑逐顏開吧。

然而——

「……咦？」

當狂三彎進小巷，回到剛才與精靈戰鬥的地方時，停下了腳步。

澪正如預料站在那裡——但倒臥在她面前的卻不是異形怪物，而是人類少女。

「……！」

不——不僅如此。狂三震驚得發不出聲音。

沒錯。倒在那裡的——

正是狂三的朋友，山打紗和本人。

「什……咦……？」

狂三瞪大雙眼，不明白眼前發生的事代表什麼意義。

想必是察覺到狂三的氣息了，只見澪慢慢轉過頭望向狂三。

「……噢，狂三，妳回來了啊——真是遺憾，我本來還想跟妳搭檔久一點呢。」

澪完全面向狂三，一邊說道。

——她的手邊飄浮著散發紅色光芒，宛如寶石的東西。

雖然顏色不同，但那無庸置疑和澪遞給狂三的是同樣的東西。

「這、這是怎麼回事……為什麼紗和會……」

「啊～～難不成妳們認識？那我真是做了……對不起妳的事呢。」

「……該不會──」

狂三摀住嘴巴。眼前顯示的證據在腦中逐一連成線，胃裡湧現強烈的嘔吐感。

「……妳頭腦果然很聰明呢。」

澪簡短的回答為狂三帶來的無非只有絕望。

沒錯。紗和倒臥的位置，正是狂三射殺火焰精靈的地方。

而佇立在那裡的澪與她手中的靈魂結晶，則表示──

「那個精靈……是紗和……？」

狂三怔怔地呢喃，感覺心臟一陣緊縮。

不只這個精靈。狂三過去在各種地方擊倒五十名以上的精靈。莫非他們以前全是人類？

不，不僅如此，甚至連得到靈魂結晶的狂三也──

「啊……啊，啊啊啊啊啊啊啊啊啊啊啊啊……！」

瞬間，狂三當場跪倒在地，頭部、胸口像是被碾壓般疼痛。絕望──負面情感一點一點侵蝕心靈的感覺。狂三有種「自己的存在被翻轉過來」的錯覺。

——不行。不行。這種感覺，不妙。

本能察覺這件事的同時，狂三半下意識地舉起右手。

「……刻、〈刻刻帝〉……【四之彈（Dalet）】……——」

結結巴巴地高喊其名，顯現天使，射穿自己的腦袋。

——用能將射擊對象的時光倒流的【四之彈】。

沒錯。將自己的身體、心靈倒回「陷入絕望前的狀態」。

「呼……！呼……！呼……！」

狂三氣喘吁吁地瞪著澪。不過，澪毫不退縮戰慄，只是一臉驚嘆地瞪大雙眼。

「真是令人吃驚，竟然能靠一己之力脫離反轉狀態——不過，我還得感謝妳呢。要是好不容易精煉的靈魂結晶又恢復原狀，我就白費功夫了。」

「反轉……精煉……？」

狂三詢問後，澪思考了片刻，點頭回答：

「嗯。我想妳一定已經察覺了，所謂的精靈，就是擁有靈魂結晶的人類——不對，應該說是得到我給出去的力量才對吧？因為那個詞彙本來是單指我這個初始精靈本人。」

「什麼……」

「——不過，靈魂結晶本來與人類的屬性互不相容。若是強迫接受，就會無法抑制滿溢而出的力量而失控吧。」

「所以——」澪接著說：

「為了使靈魂結晶適合人類，必須經過精煉。只要將精煉過的靈魂結晶給予適合的人選，就能成為保持自我的精靈——正好，就像妳一樣。」

「……！難不成，精煉是指——」

狂三瞪大雙眼。腦海裡掠過的恐怖想像令她的牙根直打顫。

不過，澪卻淡然至極地繼續說：

「沒錯。是透過人類的身體來精煉。當然那個人類會控制不住力量，不過只要反覆經過幾次這樣的過程，從那個人類身體回收的靈魂結晶便會完美地精煉而成。只要想成是類似過濾裝置的東西就淺顯易懂了吧？不過，要回收靈魂結晶可麻煩了呢。有妳在，真的讓我輕鬆不少。」

澪說出的回答與狂三想像的最壞的推論分毫不差。狂三將手擱在胸口，抵抗再次企圖湧來的絕望。

——她完全理解了。

自己只不過是受到澪的利用。

原本打算拯救世界——卻情非得已地殺害人類。

狂三橫眉豎目地擠出聲音：

「妳……為什麼，要做這種事……！」

狂三大聲怒吼如此詢問，澪這才第一次露出為難的表情。

「……抱歉啊，我真的覺得很過意不去。我並不是怨恨你們，可是我不能就此罷手——直到我把所有的靈魂結晶都託付給人類。」

澪如此說完，慢慢將手朝向狂三。

「——到此為止了，狂三，晚安嘍。過去真的很謝謝妳。」

「妳這是什——」

話說到這裡時，狂三止住了話語。

不對，正確來說，是就此失去了意識。

——接下來清醒時，已不知是何年何月。

「……哎呀、哎呀……？」

狂三在模糊不清的意識中睜開雙眼。

感覺記憶混濁，什麼都想不起來，頂多只記得自己的名字和自己擁有非凡的力量。

狂三環顧四周。這裡是屋外。她就站在宛如隕石砸落，被破壞得一塌糊塗的市街中心。

「怎麼回事？這裡……究竟是……」

腦袋無法順利判斷擴展在眼前的光景是何種情況。不明白的事情太多。這裡究竟是哪裡，自己是什麼人，又為何在這裡——

就在狂三思考著這種事情的時候，遠方傳來耳鳴般的聲響。

「——哎呀？」

循聲望去，發現有一群身穿機械鎧甲的人類飛在空中。狂三目睹這奇特的光景，目瞪口呆。

「好驚奇啊……那是什麼東西呢……」

然而，她無法繼續說出如此悠閒的話。因為那群人舉起手上的武器，隨後便朝狂三發射好幾發子彈和飛彈。

「噫——！」

狂三抖了一下肩膀，連忙逃進影子中。

明明完全喪失有關自己的一切記憶，卻下意識地理解要如何運用自己身體所具備的能力。

「呼……！呼……！嚇、嚇死我了……」

狂三在黑暗的空間調整呼吸，試圖在腦海裡整理狀況。

不過，擁有的資訊實在少得可憐，因此無法執行。畢竟她現在所知的，除了自己的名字，就只有天使和靈裝的事——

「————」

這時，狂三突然察覺到一件事。她舉起右手，高喊天使之名。

「〈刻刻帝〉——【十之彈】……是這麼做嗎？」

狂三抱持著些許不安如此說完，手中便顯現出裝填子彈的手槍。明明是自己做出的行動，自己卻「哇！」地嚇了一跳。

「真、真的出現了呢。」

【十之彈】。如果狂三的感覺無誤，這應該是能將射擊對象擁有的記憶傳達給狂三的子彈。那麼只要用這發子彈射擊自己，應該就能想起這個身體、腦袋所體驗過的事。

狂三戰戰兢兢地將槍口抵在自己的側頭部，下定決心，扣下扳機。

影子中響起「砰！」一聲巨響——子彈被狂三的頭部吸收進去。

瞬間——

「————————」

有如濁流的記憶流進狂三的腦海裡。

過去邂逅的少女，澪。

被她欺騙所犯下的罪。

以及——自己親手殺死摯友的事。

「啊……啊，啊啊啊啊啊……」

狂三雙手顫抖，手槍從她手中滑落後，她當場跪伏在地。

無盡的後悔、絕望充滿肺腑。

甚至對自己犯下的愚行感到悲哀。

——不過……

不久，狂三抬起頭。

那裡已不存在溫室裡長大的大小姐，以及崇拜正義使者的孩童。

她的表情透露出決心。

她的單邊眼睛燃燒著憤怒。

雖然不知道澪在打什麼算盤，但狂三仍然活著。

而她的手上——握有世上唯一能干涉時間的最強天使〈刻刻帝〉。

既然如此，一切尚未結束。

她要讓世界重來——

不論要付出多少代價。

她要改寫歷史——

即使這副身軀會腐朽衰敗。

狂三再次用雙腳站起，邁開步伐。

◇

「……！」

士道赫然睜開雙眼，環顧四周。

地點是昏暗的住商大樓一室。狂三倚靠著他的胸口，傳來溫暖的體溫。

士道這才想起來。

自己現在正在與狂三約會。

「剛、剛才的是……」

白日夢——要說是這樣的話，時間或許已經太晚，但感覺上非常接近。

宛如在體驗別人的人生。直到幾秒前為止，士道的意識確實化為了「狂三」。

而他發現，狂三將槍口抵在自己的太陽穴前高喊的話語——【十之彈】。

士道以前曾經目睹。那是〈刻刻帝〉的能力之一，能將人物、物體擁有的記憶傳達給對象。

而狂三剛才用手槍穿過自己的頭部射擊士道。

那代表一個意義。

方才士道所見並非幻覺或夢境——而是狂三過去真實發生的事情。

「——我……」

狂三滔滔不絕地說：

「要殺死初始精靈。無論遇到何等困難、無論發生什麼事情、無論——要做出任何事情。」

她緊緊揪著士道的襯衫，繼續說：

「我完全不敢說自己所做的事是正確的。我聽信了初始精靈的花言巧語，殺了好幾個人——而如今又為了消滅那名精靈的存在，持續堆積屍首。我是邪惡的一方，無疑是人類的敵人。不斷殺戮，殺人如芥的〈夢魘〉。如果真有死後的世界，我肯定會最先墮入十八層地獄吧。」

「不過——」狂三加強手的力道。

「我不在乎。就算如此，我也無所謂。只要能在下地獄之前，親手『抹殺』那個女人——初始精靈，崇宮澪。」

「澪……」

士道發出沙啞的聲音重複那個名字。澪。好耳熟的名字。

沒錯，那是從真那口中聽說的名字。士道靈力失控、陷入忘我深淵時說出的名字。

而且……「崇宮」，這個姓氏跟真那一模一樣。

——令人費解。各種資訊混雜在一起，令士道思緒越來越凌亂。

不過，士道現在沒有時間深思。

狂三幾乎全盤托出，緩緩嘆息——抓住士道衣服的手勁放鬆。

「我要重新來過。將至今發生的事歸零。」

然後她抬起埋在士道胸口的臉，凝視士道的雙眼。

「那就是我的理由，我生存的意義——為此，我需要你擁有的精靈靈力。」

狂三勸說般說完，在士道回應之前搶先一步接著說：

「當然，我不打算說什麼冠冕堂皇的話。如果我『吃掉』你，你就會死吧——但是，只要得到你擁有的靈力，我一定會改變歷史。」

「改變歷史——」

聽見這句話，士道想起以前和狂三回到過去的事。

沒錯。士道本身最清楚狂三所說的話並非痴人說夢。

因為士道曾經改寫過這個世界的歷史。

——而且正是利用狂三的天使之力。

「沒錯。只要消滅初始精靈，我就不會變成精靈。

換句話說——就連你被我『吃掉』的事實，理當也會消失。」

「所以——」狂三注視著士道。

「士道，拜託你，我懇求你。如果你信任我，請暫時把你的靈力、你的性命——借給我。」

「——」

狂三的眼神非常真摯，不像平常戲弄士道那樣。士道不禁啞然失聲。

道理他明白。但對他來說，依然不改他會喪命的事實——

照理說應該會這麼想吧。

但是，士道現在的心裡卻掠過其他感覺。

——排山倒海般的後悔。

以及鬱悶焦心的憤怒。

如果當時我沒有伸出手——

如果當時我沒有扣下扳機——

如果當時我沒有討伐精靈——

事情就不會演變到這種地步。

必須抹殺，必須消滅，必須「阻止它發生」。

為了朋友，為了世界，為了我「吃掉」的那些生命——

這顯然不是士道本身的情感。

不過，因為體驗過狂三的生涯，她的情緒牽動著士道的心，令他難以承受。

「我——」

「…………」

士道發出顫抖的聲音。於是，狂三垂下雙眼，隨後像是心意已決般再次抬起頭。

「當然，我並不認為這是公平的交易。雖說要『抹消』一切，但還是必須要了你的命……所以，至少讓我起誓。」

狂三如此說完，慢慢舉起手解開襯衫鈕釦。

「……！喂、喂……？」

面對狂三出乎意料的舉動，士道不由得發出驚慌失措的聲音。

不過狂三不予理會，繼續動著手，一件一件脫掉身上的衣服。

白天士道在內衣店挑選的內衣顯露在外。白色內衣看似不適合狂三，其實卻更加襯托出她的妖豔度。

只要伸出手，就能觸碰到她。

想必狂三也一定不會拒絕。

這不可思議的真實感受令士道腦袋一陣發燙。

「…………」

狂三彷彿察覺到士道的心思，慢慢伸出手牽起士道的手。

然後拉向自己，讓士道的手指滑進她的內衣肩帶。

「————」

士道無法抵抗超越克制能力的亢奮感。他的手指隨著狂三的引導，將肩帶拉下肩膀。

不過，事情並非就此打住。狂三同樣拉起士道的手，從胸口輕撫般一路移動到腹部，用他的手指勾住內褲。

慢慢、慢慢地往下拉。士道無法將目光從狂三緩緩外露的柔軟肌膚移開。

狂三一絲不掛，微微羞紅著雙頰，再次面向士道。

「——除了靈力（性命），我的一切都奉獻給你。」

「什、什麼……」

士道呆愣地從喉嚨發出聲音。

幽暗的房間中，月光從窗簾的隙縫傾瀉而下，朦朧地照耀著狂三白皙的肌膚。

那幅景象太過夢幻，令士道在湧起情欲之前，首先感受到某種近似崇敬的感情。

狂三慢步向前，緊緊依偎著士道。不對——是直接將士道一把推倒在後方的床上。

狂三壓在士道身上，呼吸有些急促地觸碰士道的衣服鈕釦。

「喂、喂，狂三……」

士道內心動搖，顫抖著聲音試圖推開狂三，但對方好歹也是精靈。雖然不如十香那般強而有力，但身為人類的士道豈有能耐敵得過她。

不，搞不好是本能、身體違反士道的意志，拒絕抵抗也說不定。

狂三——美麗得令他不由得這麼想。

一種奇怪的想法掠過腦海，他真心認為如果能擁有狂三，就算失去性命也無所謂。

「士道、士道，只要你想，我什麼都願意奉獻給你。只要你渴求，對我做什麼都沒關係。」

「狂……三……」

理性與本能引發交戰，有一種腦幹快燒壞的感覺。

若是有一絲鬆懈，恐怕會將身體交付給狂三。

不過——

「……！」

當狂三的手指想觸碰士道皮膚的下一瞬間。

突然響起了震耳欲聾的聲音，窗戶應聲破裂，隨後單薄的窗簾四分五裂，好幾名少女闖進房內。

——一群長相一模一樣的少女。

「找～～到～～你～～了。」

「……呃，哎呀？該不會打擾你們的好事了吧？」

「那真是抱歉呢。等你們完事也無妨。畢竟沒有嚐過女人的滋味就喪命，未免太可憐了。」

「什麼——」

士道對突然出現的少女們投以驚愕的眼神。

不過，這也是理所當然的事。因為站在那裡的，是幾天前出現在士道夢裡的一群少女。

「……哎呀、哎呀。」

不過，狂三的反應跟士道有一點不同。

她臉上浮現的與其說詫異，更像是煩躁與憤怒。

「區區一介假精靈，竟敢打擾我和士道約會，吃了熊心豹子膽嗎？」

狂三全身赤裸，緩緩地站起來。

於是，聽見這句話的少女們表情也出現了微妙的變化。

「……哦？竟然說我們是假的。」

「可以認為她是在侮辱父親大人吧？」

「不能原諒呢。」

說完，那群少女露出銳利的視線，同時撲向狂三。

「狂三——！」

狂三不慌不忙地轉過身，手上不知何時多了一把短槍和老式手槍，朝她們連續扣下扳機。

「〈刻刻帝〉——【七之彈（Zayin）】！」

「嘎……！」

挨了子彈的少女們維持衝向狂三的姿勢，靜止不動停在空中。

【七之彈】——停止射擊對象的時間，是〈刻刻帝〉必殺的一擊。

「——哼。」

狂三不悅地冷哼一聲，背對那些少女。

接著，配合狂三的動作，無數隻「手」從擴展到房間牆壁、地板、天花板的影子中伸出，將那群少女的身體拖進影子。

「〈刻刻帝〉——【四之彈】。」

狂三接著如此說道，槍口又擊出一枚漆黑子彈——朝已變得七零八落的窗戶玻璃碎片射去。

下一瞬間，宛如影像倒帶一般，玻璃碎片飄浮在空中，逐漸形成窗戶。

幾秒後，房內就如同剛才一樣靜謐無聲。

狂三輕聲嘆了一口氣，將兩把手槍扔進影子中，轉向士道。

「……半路殺出個程咬金。真是的，偏偏挑這種時候來搗亂……」

於是——

狂三話說到這裡，突然一陣踉蹌，手扶在牆面上。

「狂三……？」

「不要緊……我沒事——」

狂三露出笑容想回覆士道——

卻像斷了線的傀儡，無力地癱倒在地。

第五章　援救的輪迴

「——失敗了嗎？」

DEM Industry日本分公司的某個房內。

艾蓮聽見部下呈報的報告，回以蘊含不快與嘲笑的表情。

「這就怪了呢。明明是用艾克的〈神蝕篇帙〉乘人不備，卻不斷累積失敗紀錄。到底問題出在哪裡？除了純粹是執行者能力不足之外，我還真想不出其他理由呢。」

「艾蓮，妳好厲害喔，說話句句都帶刺呢。」

阿爾緹米希亞苦笑著如此說道。艾蓮冷哼一聲，以誇張的動作蹺起二郎腿。

這時，恰巧有幾張紙像是被風吹進來似的，從房門口飄落。

接著幾名容貌相同的少女從中冒出頭來。

「哦，還真敢說嘛。」

「明明是頭一個失敗的人。」

「大嬸就是愛生氣，真討厭。好不想變老喲。」

「……妳說什麼？」

艾蓮露出凶狠的視線瞪向〈妮貝可〉。〈妮貝可〉故作膽怯地顫抖著驚叫。

艾蓮並非對〈妮貝可〉的玩笑話感到光火，絲毫沒有這回事。但讓她明白侮辱最強者艾蓮代表著什麼含意，倒也未嘗不可。艾蓮眉頭深鎖，在腦內下達展開隨意領域的指令。

然而，艾蓮的顯現裝置並沒有發動。

因為在前一刻，威斯考特走進了房間。

「嗨，看來大家都在啊。」

「——艾克。」

艾蓮中斷指令後，從椅子上站起來，端正姿勢。阿爾緹米希亞也跟著挺直身軀。

「！父親大人！」

〈妮貝可〉表情突然變得開朗，飛奔到威斯考特的身邊。

威斯考特臉上浮現只拉扯臉部肌肉而形成的僵硬笑容，撫摸著〈妮貝可〉的頭，慢步走向艾蓮兩人。

「看來似乎觸礁了呢。人手還是不足嗎？」

「不，沒有那回……」

艾蓮打算如此回答時，〈妮貝可〉出聲打斷她。

「聽我說啦，父親大人。每次都有人妨礙。」
「沒錯、沒錯。真是討厭。那孩子是怎樣啦？」
「是叫〈夢魘〉嗎？真的超礙眼。如果沒有那傢伙，我早就不知殺五河士道幾百次了。」
「唔……」
聽完〈妮貝可〉們說的話，威斯考特輕聲低吟，將手抵在下巴思考。
「〈夢魘〉啊──『最邪惡的精靈』竟然會保護人類，真是奇怪。唯一能對抗〈妮貝可〉數量的，就是她的分身吧……」
「可是，這未免有點太神了吧。用〈妮貝可〉壓倒性的數量攻擊〈神蝕篇帙〉查到的地點時，卻每次都被阻止。」
阿爾緹米希亞說完，威斯考特再次輕聲低吟，揚起嘴角。
「搞不好──她早就知道了。要不然不可能瞞得過〈神蝕篇帙〉的法眼。」
「您的意思是，我們的情報洩露出去了嗎？」
「不，不是指襲擊的計畫，而是襲擊這件事本身。」
「……？」
艾蓮聽了威斯考特說的話，納悶地歪了頭。

◇

「——狂三！狂三！」

天宮市郊外廢棄大樓中的一個房內，狂三突然趴倒在地，士道連忙衝向她身邊。

他將床單蓋在狂三赤裸的身上，慎重地將她的身體翻過來讓她仰躺，將耳朵湊近她嘴邊確認氣息。

微弱但確實的呼吸聲震動著他的鼓膜。士道暫且鬆了一口氣，搖晃狂三的肩膀。

「狂三，妳還好嗎？狂三！」

就在士道試圖喚醒狂三的意識，再度呼喚她名字的瞬間。

「——讓你久等了，士道。」

狂三如此輕聲回答。

「……！」

不過，士道的表情染上困惑之色。因為倒臥在地的狂三依然昏迷不醒，脣瓣也絲毫未動。

然而士道馬上就知道聲音主人的身分。

因為有一名與狂三長得一模一樣的少女踏著緩慢的步伐，從盤踞在房內牆面上的影子走出。

不會錯。那是〈刻刻帝〉產生出來的狂三的分身。

狂三分身將食指移到嘴邊，發出「噓！」的一聲制止士道後，一臉五味雜陳的表情蹲到狂三的身邊。

「士道，請放心，『我』只是睡著了。請讓『我』稍微休息一下。」

「當、當然可以啊，不過狂三究竟為什麼會昏倒……」

士道說完，分身溫柔地撫摸狂三的臉頰，將視線移回士道身上。

「『我』太勉強自己了。本來就已經處於疲憊不堪的狀態，還經歷那麼激烈的戰鬥。」

「這、這是怎麼回事……？」

「…………」

面對士道的詢問，分身突然有些遲疑不決。

她知道理由，但似乎猶豫著該不該將實情告訴士道。

於是，另一道人影又從那個分身的背後冒了出來。

當然，這也是與狂三容貌相同的分身。但她的裝扮並非紅黑色的靈裝，而是以單一色調構成的哥德蘿莉風洋裝。胸口和頭部裝飾著美麗的薔薇，左眼則戴著醫療用白色眼罩。

「妳是……」

看見那名分身的模樣，士道將眼睛瞪得圓滾滾的。

因為那是士道過去利用【十二之彈】回到過去時所遇見的五年前的狂三。

但他立刻便明白利用〈刻刻帝〉【八之彈】產生出來的分身，是重現狂三所經歷過的姿態。

如此一來，就算出現五年前姿態的分身也不足為奇。

眼罩狂三將手擱在猶豫不決的分身肩上，用單邊紅色眼睛目不轉睛地盯著士道。

「士道，你是否能夠承受聽完事實所帶來的衝擊？」

「咦……？」

「只要不聞不問，裝作什麼都不知道，等待『我』清醒，一切就能圓滿解決。這樣你還是想知道事實嗎？」

眼罩狂三微微瞇起眼睛說道。士道看見那宛如看穿自己心中困惑與迷惘的眼神，頓時有些退怯。

不過，他咬緊牙根回望眼罩狂三，用力頷首。

於是，眼罩狂三打趣般嘻嘻嗤笑。

「哎呀、哎呀。若是保持沉默等待下去，或許就能『繼續』剛才的好事了呢。」

「……！我、我說妳啊……」

「開玩笑的啦——謝謝你下定決心。」

眼罩狂三似乎很開心地如此說完，慢慢端正姿勢，豎起右手的食指與大拇指，指向士道。

宛如——用槍瞄準士道一樣。

然後，宣告。

那極為荒唐無稽又脫離現實的話語。

「就結論來說——士道，『你早就死了』。」

眼罩狂三如此說著，像「砰」的一聲射擊子彈一般，將指向士道的手指朝向上方。

「……啥？」

士道不明白眼罩狂三所言之意，發出錯愕的聲音。

「妳在說什麼啊……？我……已經死了？喂、喂，那我為什麼還能動？難道是不知不覺來到了天堂嗎？」

「呵呵呵，那麼待在這裡的我就是女神嘍。」

眼罩狂三打哈哈說道。

但表情旋即沉著下來，接著說：

「正確說來，你本來應該會死……不對，這麼說吧，你『有可能』早就死了。」

「妳……在說什麼啊？」

士道不知所措地回答。

「有可能」——早就死了。如果要提假設性的問題，全人類在日常生活中都潛藏著死亡的可能性吧。

不過，士道沒有繼續說下去。因為眼罩狂三的表情看起來並不像在開玩笑或敷衍了事。

「…………」

想必是從士道散發出來的氣息察覺到他的心思，眼罩狂三露出有些悲傷的微笑，接著訴說。

◇

——二月九日放學後。

時崎狂三獨自站在校舍的頂樓，怔怔地眺望欄杆外的天宮市街景。

這個舉動並沒有什麼特別的意義。既非鄉愁使然，也不是若有所思。況且狂三內心是否還保有凝視風景而產生那類情感的健全感性，也令人懷疑。

當然，狂三也有喜有怒，會覺得開心——傷心的話也肯定會流淚吧。

不過狂三雖生而為人，但人生的大半卻以精靈、復仇者以及殺人者的身分過活，實在難以認為她的內心會和以前一模一樣。

現在感受到的享樂，肯定跟以前的不同。
現在感受到的悲哀，肯定跟過去的有異。
只是，唯有內心深處持續燃燒的憎惡，經歷長久的時間依然顯現同樣的面貌。
「…………」
太陽早已西斜，遲早會被大樓群吞噬吧。雖然不清楚詳細的時刻，但狂三隱約知道差不多已接近約定的時間。
「……終於讓我盼到了。」
狂三手扶欄杆，如此輕聲低喃。
接著，像在回應她一般，盤踞在她腳邊的影子傳來含糊不清的聲音。
「……欸，『我』，真的沒關係嗎？」
「說什麼蠢話。」
聽見分身說的話，狂三露出銳利的視線回答。
「事到如今已沒有退路。請明白吞食幾千幾萬條性命，站在這裡代表著什麼含意。我，會殺了……士道。那是我唯一能改變世界的方法。」
狂三說完，沉默了片刻，影子裡傳來疑似其他分身的聲音。
「現在的『我』只是說了一句『真的沒關係嗎』，想到哪裡去了？」

「…………」

聽見分身說話的口氣，狂三的眉毛抽動了一下，用鞋跟用力踩踏自己的影子。

隨後鼓膜便捕捉到門打開的聲音。

看來士道似乎來了。狂三吐了一口氣轉換心情後，慢慢回頭望向頂樓的入口處。

「——哎呀。」

果不其然，眼前出現士道的身影。他凝視著狂三，表情因決心和緊張而僵硬。

「呵呵呵，歡迎你來呀，士道。」

狂三面帶微笑如此說著，拎起裙襬恭敬地行了一個禮。

士道見狀，頓時臉頰差點泛起淡淡紅暈，但他立刻搖搖頭轉換心情。

這時，狂三瞥了一眼士道的後方。

剛才士道走過來的那扇門感覺似乎動了一下。

——應該是十香等人擔心士道而過來窺探情況吧。

這也無可奈何，看來她們信不過自己。狂三有些自嘲地嘆了一口氣。

士道正巧在這時開口：

「好了，狂三，我依照約定前來了。」

直勾勾凝視狂三的雙眸亮起意志堅定的光輝，清清楚楚地顯示出他的覺悟。

認識士道還不到一年，但感覺他變堅強了許多。狂三不禁莞爾一笑。

「——士道，你有些不一樣了呢。」

「咦……？」

「感覺你的長相比我第一次見到你時更成熟了呢。畢竟經歷過那麼多艱難的戰役，也是理所當然的吧。呵呵呵……你變得更迷人了呢。」

「……別、別逗我了啦。」

士道難為情地回答。即使站在夕陽下，他臉頰上染上的朱紅依然清晰可見。他這種可愛的地方似乎尚未改變。

「重點是，快告訴我早上還沒聊完的話題。封印妳靈力的條件是什麼？」

「…………」

狂三聽了士道說的話，笑了笑。

那是顯示自己沒有敵意的表情，但或許結果演變成是在展現自己的優勢與從容。士道神情緊張地嚥了一口口水。

「好的、好的，現在就告訴你吧。我——」

——於是……

狂三說到這裡的下一瞬間。

她的視野掠過一條線，隨後眼前染成一片通紅。
「咦……？」
事發突然，狂三不曉得究竟發生了什麼事，喉嚨發出錯愕聲。
片刻後，她才終於理解染紅視野的是從士道胸口噴出的鮮血。
「————」
一瞬間。
正如字面所示，一眨眼的時間，一名從空中飛來的少女刺穿了士道的胸口。
隨風飄揚的金髮、點綴著鮮血的白金色鎧甲。
——巫師，艾蓮．梅瑟斯。
「啊……嘎……——？」
趴在地上的士道發出痛苦的聲音。咯血。他的嘴裡吐出大量的鮮血。
頂樓原本闔上的門瞬間被一把打了開來。
「士道！」
「士道……！」
在門外偷聽的精靈們連忙衝了過來。看見吐血的士道，應該令她們內心相當動搖吧。奔跑的精靈們身體纏繞著淡淡的光芒，形成限定靈裝的模樣。

然而——

「——哼。」

艾蓮像在嘲笑精靈們似的，瞥了一眼後猛然舉起左手。

於是，從Unit的一部分射出幾張紙，包圍住艾蓮和士道，在空中飛舞。

下一瞬間，好幾名容貌相同的少女從那些紙中現身。

「……！」

那幅光景就好比狂三的分身從影子中現身一樣。那群少女身穿類似靈裝的衣服，深灰色頭髮隨風飄揚，阻擋住精靈們的去路。

「停止～～」

「抱歉，休想礙事。」

「真要說的話，其實礙事的是我們啦。」

「什麼……！這些傢伙是怎樣啊！」

「慌亂。妳們是什麼人？」

八舞姊妹發出驚愕聲，舉起天使〈颶風騎士(Raphael)〉。

十香和折紙也同樣揮舞手中顯現的天使，對那群少女發動攻擊。

「給我讓開——！」

「呼——！」

不過——少女們並沒有閃避。

她們臉上浮現輕蔑的笑容，正面承受〈鏖殺公(Sandalphon)〉的斬擊和〈滅絕天使(Metatron)〉的砲擊。

當然，這麼做不可能毫髮無傷。少女們的身體被斜砍成兩半，或是開了一個大洞。

不過，少女們不僅沒有發出痛苦的叫聲，甚至沒有痛得皺起臉，反而哈哈大笑。

其他少女乘機接二連三架住十香的劍和折紙的羽翼。

「……！」

狂三不禁皺起臉——就情況看來，那群少女雖然身上帶有靈力，卻不足以對抗十香等人。

但問題在於她們的數量，以及不怕犧牲個人的整體力量。

雖然不知道她們的真面目，但同樣以「數量」為武器到處行動的狂三十分清楚那有多難纏。

「——『我們』！」

明白這件事的瞬間，狂三高聲吶喊。

宛如回應她的呼喚，狂三的影子蔓延到頂樓的地面，從中出現無數名「狂三」。

而「狂三群」依照主人的旨意，抓住阻擋十香去路的神祕少女們。

她並非想幫助十香一行人。但若是放著她們不管，艾蓮肯定會殺了士道。對渴求封印在士道體內的靈力的狂三來說，那是難以容許的事態。

「嘻嘻嘻，嘻嘻嘻嘻嘻！」

「那是我們的專長吧？」

「啊哈哈，這是什麼？」

「哦，妳就是傳說中的〈夢魘〉？比想像中還要噁心呢～～」

「狂三群」和少女們混雜在一起，學校頂樓化為激烈的戰場。

然而，這麼做還不夠。分身能做的，只有對付那些少女。

狂三從影子裡拔出手槍，將槍口瞄準腳踩在士道背上的艾蓮——

「————！」

當她正想扣下扳機的瞬間，她看見自己的手臂徹底被砍斷，飛舞在半空中。

不是艾蓮發動的攻擊。

狂三的旁邊不知何時又出現了另一名巫師。

「我不會讓妳得逞，〈夢魘〉。」

「……！阿爾緹米希亞．阿休克羅夫特……！」

狂三皺起臉，憤恨不平地呼喊那名金髮少女的名字。

被光劍砍斷的手臂產生劇痛。狂三緊咬牙根忍受痛楚，在千鈞一髮之際避開阿爾緹米希亞的追擊。

亂鬥；混戰；劍林彈雨。

不到數十秒的時間，和平的學校頂樓已化為戰場。

甚至難以掌握周圍發生的情況。光是閃避阿爾緹米希亞連續發出的劍擊就已竭盡全力，根本無暇發射【四之彈】。

但在這當中，唯一確定的只有一件事。

那就是士道的性命危在旦夕。

「——受死吧。」

艾蓮．梅瑟斯冷酷無情地輕聲說道——

揮下利劍。

「住手啊啊啊啊啊啊！」

十香的吶喊響徹戰場。

然而，艾蓮並沒有停下動作。

以濃密的魔力構成的劍刃輕而易舉地砍斷了士道的脖子。

「————」

大量鮮血噴發。

士道僵硬的手腳失去力量。

而在士道的胸口搖曳，試圖拚命治癒傷口的〈灼爛殲鬼〉火苗則慢慢地消失。

宛如表示士道的生命燈火熄滅一般。

「啊──────」

精靈們目睹這幅光景後目瞪口呆，天使從手中滑落。

臉龐蒼白，指尖開始不住地顫抖。悲哀、失落、無力感。可以清楚知道不管列出多少詞彙也無法言喻的感情正在她們的內心洶湧翻騰著。

照實形容的話──就是充滿絕望。

「喝！」

「唔──」

狂三閃避阿爾緹米希亞無數次的攻擊後，懊悔地咬牙切齒，躲進影子當中。

「……呼……！呼……！」

狂三在影子中移動，終於在外界現身。

她來到一處高臺，能將剛才在的來禪高中盡收眼底。由於不像公園那樣整頓完善，腳踏的地面並不平穩，但四下無人，如今反而成為最佳場所。

「不要緊吧，『我』？」

一名分身從影子冒出頭來，憂心忡忡地說道。

緊接著另一名分身拿著剛才被阿爾緹米希亞斬斷的右臂，爬出影子。

「『我』，拿去。」

「……嗯。」

狂三額頭冒出冷汗如此回應，用剩下的左手在影子中摸索，拿出裝填了「子彈」的手槍〈刻刻帝〉。

「〈刻刻帝〉——【四之彈】。」

然後高聲吶喊，射穿自己的太陽穴。

瞬間，時間彷彿倒帶一般，被斬斷的手臂飛舞在空中，接合上狂三的右手斷面。

「……！」

狂三將恢復原狀的手一張一合，視野突然變得明亮。

來禪高中的頂樓。上方迸發好幾條眩目駭人的閃光，灼燒天地。

斷斷續續響起的轟然巨響；轉瞬之間崩塌的校舍。

這時街上才終於響起尖銳的警報聲，但為時已晚。化為瓦礫的校舍四周捲起巨大的龍捲風，不斷破壞周遭的建築物，隨後龍捲風的中心迸發出宛如凝縮黑暗的漆黑光線，朝四面八方射去，將放眼望去的風景全化為焦土。

「那是……」

「是十香她們在戰鬥嗎……？」

分身群一臉納悶地望向光的方向。

不過，狂三發現那並非單純的靈力光。

明明距離如此遙遠，卻有種皮膚刺痛的錯覺。

絕望、憤怒、憎惡。感覺所有負面情感毫無保留地迎面撞擊而來。

就算是士道靈力逆流，也不可能引起這樣的現象。並非單純靈力量多寡的問題，而是「質」已經完全變成別種東西。

沒錯。就好比正數值直接完全變成負數那般的狀態。

狂三記得這種現象。她眉心刻劃出深刻的皺紋，發出呻吟般的聲音。

「是──反轉了。」

「……！」

聽見狂三說的話，分身群無不屏住呼吸。

無庸置疑，是在場的精靈──十香、折紙以及八舞姊妹全部成了反轉精靈。

不過，這也無可奈何。畢竟士道在她們面前身首分離，不難想像她們會有何等絕望──

「呼──！」

「……！」

突然響起這樣的聲音打斷狂三的思緒，令狂三不禁屏住了呼吸。

循聲望去，發現是一名新的分身從影子裡探出頭。

不對──不只如此，那名分身還抱著渾身是血的士道遺骸。

「『我』，那是……！」

「是的、是的……真是千鈞一髮呀。放著他不管，良心也過意不去呢。」

分身如此說著，將士道的屍體放到地上。

「…………【四之彈】。」

狂三沉默了片刻，用手上的手槍射穿士道的身體。

於是，士道與身體分離的頭有如剛才狂三的手臂一般，完美地黏合回去，胸口的大洞也逐漸癒合。

但是──僅只如此。

士道依然緊閉雙眼，別說聲音了，連一絲氣息也沒有。

【四之彈】的確是能讓時光倒流的子彈。實際上，士道的身體也確實恢復成生前的狀態。但是，已經失去的性命是無法復原的。

「…………」

狂三深深呼吸了一口氣，好讓心情平靜下來，一邊望著士道安眠的遺體，與擴展在視野前方宛如世界末日的光景，思考著接下來該怎麼做。

然而，沉默片刻後從喉嚨發出的卻是——

「我……失敗了嗎……？」

一句豁達灑脫的話。

——直到數分鐘前都還很順利的。狂三緊握拳頭，用力得幾乎都要滲出鮮血。

獲得士道的靈力，利用【十二之彈】回到三十年前，「抹殺」初始精靈的存在。

如此一來，一切都能得到回報。

狂三經歷的幾千歲月。

屍橫狂三腳下的幾萬人命。

僅僅一瞬間的時間便化為烏有。

被可恨的巫師——

艾蓮．梅瑟斯毀於一旦。

「啊……啊啊！」

狂三情緒激動地用剛接好的右手捶打地面。

總是態度超然的狂三竟會做出這種舉動，分身群見狀，無不肩膀顫動。

不過，狂三現在沒有心情顧慮分身群的反應，不斷用拳頭敲打地面。

期望落空；希望破碎——以士道在眼前慘遭殺害的最惡劣手段。

「……！」

想到這裡，便難以呼吸。

也難怪狂三的心裡會湧起洶湧波濤，難以名狀的憎惡。

因為她耗費一生通往目的的道路被摧毀。

而且，還是跟自己冤家路窄的那個女人。

如果是年少時期的狂三，這絕望的狀況就算令她與十香等人一樣反轉也不足為奇。

不過，狂三發現她憤懣不平的情緒中還摻雜著其他感情。

啊——對了。

狂三愕然瞪大雙眼，用沾滿鮮血與塵埃的手覆蓋住額頭。

狂三對於士道在自己眼前被殺一事無比懊悔。

悲傷得——無以復加。

頭腦一片混亂。明明是自己找到的解答，卻不明所以。

矛盾至極。狂三明明想殺死士道，為什麼還會對他的死感到如此難過？

「士道……」

腦海裡縈繞著各種回憶，令狂三內心百感交集，擾亂著她的思緒。

士道。五河士道。喜愛精靈，被精靈所愛的少年。面對時崎狂三也能克服恐懼，朝她伸出援手的人類。

狂三半下意識地摟住士道遺體的肩膀——

將自己的唇印上他的唇瓣。

依然不失柔軟，卻冰冷的吻。

感受到這個觸感，狂三才發現。

自己敗了——和士道之間的比賽。

「……竟然連『第二次的吻』都是在失去意識的時候，真是不走運呢。」

狂三驀然睜起雙眼。

邂逅士道的去年六月。狂三被火焰精靈琴里攻擊，身負重傷，逃之夭夭。

當時，介入琴里與狂三之間的不是別人，正是士道。

雖然這名騎士不是很帥氣，但他救了狂三一命是不爭的事實。狂三逃到影子當中的前一刻，在士道的唇瓣上留下一吻當作道謝。

事到如今，也全枉然徒勞了。

——不過……

「…………咦？」

下一瞬間，狂三因為一股奇特的感覺而皺起眉頭。

該如何形容呢？感覺有一股暖流流進體內。

簡直就像過去獲得澪所給予的靈魂結晶一樣——

「……〈刻刻帝〉！」

想起這件事的同時，狂三反射性地高喊天使之名。於是，一只巨大的時鐘錶盤回應狂三的呼喚，從影子中現身。

「……！」

「『我』，這是……！」

分身群紛紛發出驚愕的聲音。

不過這也無可厚非。因為與琴里一戰後黯然失色的「Ⅵ」數字在錶盤上熠熠生輝。

「這是怎麼回事……？難不成——」

狂三慢慢站起來，依序撫摸錶盤上的數字。

使對象加速的【一之彈】。

使對象的時間慢速前進的【二之彈】。

使對象成長的【三之彈(Gimel)】。

使對象時間倒流的【四之彈】。

能預知稍後未來的【五之彈(Hey)】。

停止對象時間的【七之彈】。

重現自己過去形態的【八之彈】。

能與不同時間軸的對象意識相通的【九之彈(Tet)】。

能得知射擊對象記憶的【十之彈】。

直接吞食精靈靈力、跨越時空的【十一之彈(Yud Aleph)】與【十二之彈】。

狂三的手最後觸摸位於錶盤最下方的數字。

——以往失去色彩的「Ⅵ」。

「……【六之彈(Vav)】。」

狂三輕聲低喃後，瞥了士道的屍首一眼。

很顯然，【六之彈】之所以會恢復光芒，是因為狂三親吻了士道。

士道是藉由親吻來封印靈力。經過分身群的調查，狂三也知道這件事。難道【六之彈】並非被琴里破壞，而是藉由那戲謔一吻被封印至今嗎？

倘若真是如此，那麼狂三在那時就已對士道開啟一絲心房。

狂三有些自嘲地揚起嘴脣——誰先動心誰就輸。也許這場比賽狂三打從一開始就沒有勝算。

不過，狂三額頭冒出汗水，浮現陰森詭譎的笑容。

【六之彈】。〈刻刻帝〉過去遭到封印的一擊。

既然得到意外恢復的這份「力量」，或許能改變結局。

雖然這個想法要稱為希望還異常薄弱——卻足以讓狂三再次振奮精神。

但狂三尚未還清其代價。

正確來說——狂三必須付出更大的犧牲以達到她的目的。

「——『我們』。」

她輕聲說道，排成一排的分身便立刻理解她的意圖，點了點頭。

然後，宣告。

「為了士道——赴死吧。」

於是，分身群像是察覺所有意圖般哈哈大笑。

「好的、好的，樂意之至。」

「來吧、來吧，上路吧。」

「這副身軀原本命就不長呀。」

「請盡情耗損吧。」

「如果這條性命能成為『我』的根基，就請拿去吧。」

「假如能拯救士道——」

「心甘情願踏上黃泉之路。」

「事到如今，說這句話還真是可笑呢。」

「如果『我』站在我的立場——」

「就知道我們不可能拒絕吧。」

「嘻嘻嘻嘻嘻。」

「嘻嘻嘻嘻嘻嘻。」

分身群開懷大笑。

想必沒有人會平安無事，想必沒有人會倖存下來。

但是她們臉上卻看不見一絲陰鬱。

狂三突然面露苦笑。因為她認為與自己容貌相同的這群少女無比可靠，令她相當自豪——這種心態，算是自戀嗎？

「——那麼，就請『我們』跟隨我吧。踏上這沒有未來的死亡之旅。」

接著狂三舉起握住手槍的右手，高聲吶喊。

吶喊以前失去，付出龐大代價才奪回的力量之名。

吶喊另一枚可能改變這個世界的「子彈」之名。

「〈刻刻帝〉——【六之彈】。」

狂三將裝填了「子彈」的手槍抵在自己的太陽穴——朝一群分身莞爾一笑，扣下扳機。

◇

「——」

意識突然清醒過來。

不……那是否相當於一般的「清醒」還有待商榷。

總之，狂三恢復了意識。她立刻確認周圍的狀況。

她處於一間光線幽暗的房間，房內只擺放最基本的家具。是狂三在市內的其中一個據點。

牆上掛著洗好的制服，為了收集情報而準備的手機螢幕顯示的日期為二月八日。

沒錯，狂三回來了。

回到二月八日，她復學來禪高中的前一天。

「……看來，是成功了呢。」

〈刻刻帝〉——【六之彈】。

那是只將射擊對象的意識送回過去身體的子彈。

根據使用「時間」的多寡而有所不同，但頂多只能回溯幾天，因此遠不及【十二之彈】——但在目前這個時間點，著實可說是可能拯救世界的一發子彈。

——不過，麻煩的是接下來的時間。狂三轉身披上掛著的大衣，打開房門，離開房間。

然後爬下廢棄大樓的階梯，響起「喀喀」的腳步聲，在杳無人跡的巷弄裡前進，自言自語般發出聲音：

「——好了，開始行動嘍，『我們』。」

於是，無數的回答從影子當中回應狂三。

「好的、好的。」

「時間不多了。」

「敵人是艾蓮·梅瑟斯和阿爾緹米希亞·阿休克羅夫特。」

「以及，一群神祕的少女。」

「目前先更改呼喚士道出來的場所吧，別約在頂樓了。」

「不，這樣只會導致對方改變襲擊的方法罷了。既然知道對方的行動，不好好利用這個優勢就太可惜了。」

「那麼，我們去阻止想襲擊士道的她們吧。」

「沒錯、沒錯，只能這麼做了。」

「請想想敵我的戰力差距吧。那些少女倒也就罷了，那兩名巫師簡直就是怪物。就算派出再多的『我們』也難以同時阻止敵方的雙方人馬，至少必須找到實力能與她們並駕齊驅的同伴。」

「可是，我不認為能恰好找到那樣的人。」

「不、不，正好有一個人符合條件。」

「雖然不怎麼想拜託她，但我能想到一個人。」

「那是——」

狂三正想詢問，卻突然露出苦笑。因為她立刻便想到了那名分身腦海中所浮現的人物。也難怪分身說不怎麼想拜託那個人，畢竟「她」恐怕是至今殺死最多狂三分身的少女了。

「原來如此，那還真是令人不悅呢。不過，沒有人比她更適合了。」

狂三沒有放慢腳步，舉起手下達指示。

「——『我們』，已經查到真那的所在地了吧。立刻去跟她聯絡。」

「好的、好的。」

「明白。」

「另外組成特別分隊去打探DEM Industry的動向——就琴里她們無能為力的狀況看來，很有可能是利用〈神蝕篇帙〉突破警戒。」

「了解。」

「思考得真周到。」

「想必對方也是背水一戰，應該不可能只襲擊一次。隨時警戒士道的周圍，避免讓敵方有機可乘——能殺士道的，只有我時崎狂三一人。」

狂三說完，其他分身嘻嘻笑道：

「哎呀、哎呀。」

「不愧是『我』。」

「真是可怕的告白呢。」

「……！」

狂三羞紅著臉頰，屏住呼吸，一副不耐煩的樣子加重踏向地面的力道。

然後像要轉換心情一樣面向前方，宣告：

「走吧，『我們』——雖然是情非得已，就去拯救世界吧。」

——就這樣，時崎狂三的戰鬥開始了。

換算成時間，只有短短六天。
不過這六天內，狂三保護了士道無數次，也失去了士道無數次。
敵人是狡猾的DEM Industry。利用魔王〈神蝕篇帙〉乘虛而入，派遣惡魔種子〈妮貝可〉和最強王牌艾蓮、阿爾緹米希亞，糾纏不休地伺機奪取士道的性命。
狂三犧牲無數的「狂三」，謀劃幾千個計策，不斷戰鬥。
每當士道喪命，她便親吻士道，奪回【六之彈】。
用它再次改變世界。
不幸中的大幸是，用【六之彈】返回過去的只有狂三的記憶。
由於意識返回的是士道死前，取回【六之彈】前的身體，因此用來使用【六之彈】的時間和射擊【六之彈】需要龐大的「時間」，產生分身的【八之彈】也並非無窮無盡。
為了阻止敵人而犧牲的分身，全都恢復到原來的狀態。
如果沒有恢復到原本的狀態，狂三擁有的「時間」應該立刻就見底了吧。
不過——情況也可套用在敵方身上。
不管殺死多少〈妮貝可〉，擊敗艾蓮多少次，她們所受的損害在狂三每次射擊【六之彈】後就全部歸零。
不對——正確來說……

她們甚至不知道自己與狂三交戰過，每次都以為是第一次而前來取士道性命。
這是狂三唯一擁有的優勢，也是燃燒自己的業火。
一次。
十次。
超越一百次。
不斷重覆殺人與被殺，狂三明白自己的心已漸漸疲憊。
機械性地消化同樣的事。
消滅不同於之前世界的異常。
在這樣的過程中，狂三原本早已瘋狂的心開始一點一點地耗損。
不過——狂三沒有收起手槍。
因為每當士道被殺——
以及每當貼上他那冷冰的唇瓣——
狂三都想再次被他的雙手擁抱。
「士道……欸，士道？」
這究竟是第幾次了呢？

將自己的脣疊上士道冰冷的脣——
「讓我們再次相逢吧……？」
狂三瞄準自己的頭，扣下扳機。

◇

「什麼……」
聽了眼罩狂三說的話——
士道發出呆愣的聲音。
不禁觸摸自己的胸口和脖子。當然，他的胸口並沒有開了大洞，腦袋也確實黏在脖子上。
「我……死過一次？」
這種超乎現實的感覺令他不禁皺起眉頭，並且擠出聲音說道。
感覺他耗費了非常大的能量才說出這短短一句話。透過自己的嘴巴承認這件事，甚至有種否定自己性命的錯覺。
不過，眼罩狂三聽了卻緩緩搖搖頭。
「不對。你說的話並不正確。」

然後凝視士道的雙眼，接著說：

「——是二〇四次。」

「咦……？」

「那是——這六天反覆循環之中，你被DEM Industry殺死的次數。」

「————」

這次，士道連聲音都發不出來。

二〇四。聽見這出乎意料的數字，他呆愣了半晌。

眼罩狂三不予理會，繼續說：

「我們也眼觀四面，耳聽八方了……但魔王〈神蝕篇帙〉實在太神通廣大，巧妙地突破我們的防衛，用充滿創意的手段來鏟除你的性命。」

「喂、喂，等一下，這也未免太——」

說到這裡，士道止住了話語，荒唐二字哽在喉中。

雖說方法不同，但士道過去曾經藉由狂三的力量回到過去，改變歷史。就算事情再怎麼荒誕不經，士道也無法否定。

更何況——

「…………！」

士道望向失去意識的狂三的臉龐。

態度總是超然的她，卻露出難以想像的疲態。

就算狂三的目的是士道體內擁有的靈力，但既然她付出極大的犧牲來拯救士道性命是事實，士道便沒有資格說出荒唐二字。

大概是察覺到士道的思緒，眼罩狂三垂下單邊眼睛，微微頷首。

「每當你死去，『我』都會利用【六之彈】將意識送回過去，無數次、無數次——當然，跨越時空的只有她的意識，使用過的時間和死去的分身都會恢復原本的狀態。」

「不過——」眼罩狂三嘆了一口氣。

「情緒經常保持緊繃，重覆度過無數次同樣的時間，『我』的精神狀態已逐漸到達極限。」

說完，眼罩狂三溫柔地撫摸狂三的頭髮。

「所以——拜託你，士道。現在請讓『我』休息吧。」

「…………」

士道一語不發地吐了一口氣，再次將視線落在陷入沉眠的狂三身上。

她的容貌依然美麗——但看起來有些孱弱虛幻。

士道……能理解。要達到狂三的目的，絕對不能缺少封印在士道體內的靈力，所以她非得避免DEM殺死士道。狂三會不斷嘗試錯誤來拯救士道也不無道理。

但是，有一件事他不明白。

士道凝視著狂三緊閉的雙眼，呢喃般吐出話語：

「為什麼……妳沒有打算立刻『吃掉』我呢……？」

沒錯，這就是士道無法理解的部分。

士道身邊的確有其他精靈和〈拉塔托斯克〉保護，即使是狂三也無法輕易得手吧。

但狂三利用【六之彈】不斷重覆同樣的時間。照理說，要找到士道的破綻並非不可能。

然而狂三沒有這麼做。

而是遵守最初的約定，和士道約會——甚至不惜全盤托出自己的祕密來請求士道的理解。

向士道——求救。

即使精神疲憊得將平常不讓人看見的睡姿呈現在士道眼前。

「……士道。」

眼罩狂三突然面帶微笑望向士道。

「請不要提出不解風情的問題，『我』——」

——就在這時……

眼罩狂三正想說些什麼的瞬間，倒臥在地的狂三手動了一下，隨後一把手槍出現在她的手中，「砰」一聲射出子彈。

宛如漆黑的影子凝結而成的子彈掠過眼罩狂三的臉頰，在牆面上刻下彈痕。眼罩狂三旋即吃驚得瞪大雙眼。

「……在我沉睡的期間，『我』聊天聊得很開心嘛。」

狂三瞇起眼睛，慢慢坐起身。待在她身邊的分身一臉擔憂地朝她伸出手，但她不予理會，逕自站起來。

「……失禮了，士道。年輕的『我』似乎讓你見笑了。」

狂三手扶著額頭忍住暈眩，如此說道。

她的言行舉止就像平常的狂三一樣從容不迫——但聽在士道的耳裡，無非是在逞強。士道不由自主地伸出手想要攙扶狂三。

「狂三——」

「……！」

狂三向後退，避開士道的手。

不過，她的表情卻不見嫌惡之色。

真要說的話——沒錯，反而像是害怕觸碰他的手。

狂三宛如發現自己的表情般赫然抖了一下肩膀，然後露出狂傲的笑容。

「——別誤會了，士道。我之所以會救你，是不想失去封印在你體內的靈力。」

「啊、嗯……我明白。」

士道被狂三的氣勢所震懾似的回答後，狂三便轉身背對士道。

「……真是掃興。今天就到此為止吧。」

「咦——喂、喂，狂三！」

士道急忙伸出手大喊——

但狂三就這麼與其他分身一起消失在影子中。

「……！狂三——」

士道凝視著狂三消失的地板好一陣子後，握起拳頭。

狂三。時崎狂三。

比任何人都可怕、比任何人都冷酷——比任何人都善良的少女。

被她拯救無數次的少年慢慢抬起頭。

他的雙眸燃起決心之光。

「這次……換我拯救妳了……！」

◇

月光照射的大廈頂樓，影子像墨水滴落般逐漸擴散開來。
狂三從中探出頭，接著一口氣將身體暴露在戶外的空氣中。
「……呼。」
似乎還是有點頭暈。她靠在欄杆上，靜靜地深呼吸。
於是，左眼戴著眼罩的五年前的狂三分身也緊接著爬出影子。
當然士道身邊留有數量充足的分身來護衛他，只有這個個體和其他數名分身跟隨狂三。
沒錯。她正是剛才在狂三失去意識期間，對士道打小報告的犯人。狂三以不悅的眼神瞪視眼罩狂三。
「——別多事，『我』。」
「哎呀、哎呀。」
狂三說完，眼罩狂三便戲謔或是裝傻地將食指抵在下巴，挪開視線。
「到底是指什麼事情呀？我不過是覺得士道看起來很無聊，跟他閒話家常罷了。」
眼罩狂三厚臉皮地說了。狂三抽動了一下眉尾說：
「……『我』。」
但那並非在叫喚眼罩狂三。
彷彿在回應那句話，狂三腳下的影子開始蠢動，剛才攙扶狂三的分身一臉抱歉地探出頭。

「……是的。那個戴眼罩的『我』把這幾天的事從頭到尾全告訴了士道。」

「噫！」

眼罩狂三沒想到會被同胞背叛，發出高亢的聲音。狂三瞇起眼睛，再次瞪向她。

「妳還要辯解嗎，『我』？」

狂三盤起胳膊說完，眼罩狂三便呻吟了一會兒，接著看開似的聳了聳肩。

「恕我直言，我倒想問為什麼不能說。『我』付出了極大的決心和勞苦，甚至讓警戒心強的『我』暫時在士道面前顯露出睡姿。」

「……唔。」

狂三被踩到痛處，微微皺起眉頭。眼罩狂三乘勢接著說：

「那麼又有誰能責怪把這件事告訴士道？而且士道被拯救性命無數次，也會對『我』心懷感謝吧。究竟有何不妥！」

「…………」

眼罩狂三一副演說的模樣，用誇張的肢體動作發表她的主張。

狂三沉默了片刻，臉頰微微泛紅，回答：

「……誤會嗎？」

「什麼？『我』說什麼？」

「這樣他不是會誤會嗎！我和他的比賽是誰先動心誰就輸耶！要是讓他知道——我為了救他而做出那種事，不就顯得好像我對他懷有情愫嗎……！」

「……我、『我』……？」

眼罩狂三一臉詫異地瞪大雙眼，不久便抖動肩膀笑了起來。

「呵呵……啊哈哈哈！說的沒錯，確實是如此呢。」

「……怎麼覺得好像被瞧不起了。」

「『我』多心了。」

眼罩狂三聳著肩膀說了。

狂三一臉不悅地皺起眉頭。

——雖然是自己做出的行為，但真是失策。狂三想射擊【六之彈】回到自己昏倒前的時光，但在這個歷史上，士道尚未死亡，因此狂三〈刻刻帝〉的力量還未復原。

話雖如此，如果跟存活狀態的士道接吻，狂三剩下的靈力可能反而會遭封印。

「所以……接下來該怎麼辦，『我』？即使剛才逃過一劫，但時間已經所剩無幾了。」

「……是啊。」

聽見分身說的話，狂三滿面愁容。

既然士道還活著，就必須繼續作戰。但這樣下去，就無法「吃掉」士道——

就在這個時候——

【……妳似乎在煩惱呢。】

「……！」

頓時之間，暗夜響起分身以外的聲音，令狂三屏住了呼吸。

那是分不清高低、男女的奇特聲音。

狂三聽過這個聲音。她立刻讓分身散開，從影子裡顯現出兩把老式手槍。

【……哎呀，看來我不太受歡迎呢。我只是來給妳幾句建議的。】

聲音主人的身影跟他的聲音一樣令人難以捉摸。

不知何時，頂樓角落站著一個全身籠罩馬賽克的影子。該說是存在的解析度很低嗎？明明應該位於那裡，卻不知道他的面貌。

沒錯。那是士道等人稱為〈幻影(Phantom)〉的精靈。

這名精靈過去曾經提供幾次情報給狂三。實際上，五河士道這名少年的存在，也是〈幻影〉提供給她的情報。

不過對現在的狂三而言，〈幻影〉已經不是合作伙伴。

不對，正確來說——是「敵人」。

「……歡迎？我？歡迎妳嗎？開玩笑也要經過大腦吧。」

狂三露出銳利的視線瞪向〈幻影〉，幾秒後，〈幻影〉便像是察覺一切般吐出嘆息。

【……啊～～這樣啊，妳已經知道了啊——那就沒辦法了。真是遺憾，我說想給妳建議是真心的。】

說完，〈幻影〉微微動了一下。

「你以為——我會讓你逃跑嗎……！」

分身群聽從狂三的聲音，同時扣下扳機，發射子彈。

好幾發黑色子彈在暗夜中呼嘯而過，攻擊〈幻影〉。

【——】

〈幻影〉避開那群分身發射的子彈，凌空一躍。

不過，這正中狂三下懷。為了製造出一條退路，她故意讓分身群不要攻擊上方。

「〈刻刻帝〉——【七之彈】！」

狂三大聲咆哮的同時，將扳機扣到底。

絕對無敵的【七之彈】，停止時間的一擊，射中〈幻影〉。

瞬間，那團馬賽克在空中靜止不動。

「『我們』！」

分身群緊接著將槍口朝上，同時發射子彈。

可憐的〈幻影〉沐浴在將近一百發的彈雨中，成為無法開口的屍體。

──看起來是這樣。

「……哎呀、哎呀，我太大意了呢。」

「什麼──」

聽見前方傳來的聲音，狂三不由得皺起眉頭。

那團馬賽克依然靜止在半空中。不過，那道聲音卻是從馬賽克的正下方傳來的。

一名女性跪伏在頂樓的地上。

沒錯。彷彿在空中脫掉被【七之彈】射中而停止的「衣服」，往那裡著地一樣。

「這就是……妳原本的姿態嗎？」

狂三不敢大意地舉著手槍，瞪視那名女性。

「……算是這樣吧。我萬萬沒想到妳會如此巧妙剝開我的屏障啊。真不愧是妳──狂三。」

女性如此說著，同時慢慢抬起頭。

看見她的模樣──

「────！」

狂三瞪大了雙眼。

那名女性年約二十歲，隨意綁起一頭長髮。

如病人般蒼白的臉龐、點綴著深深黑眼圈的雙眸，還有一隻傷痕累累的小熊絨毛娃娃從她的衣服口袋探出頭來。

「『村雨』──『老師』。」

「………………」

狂三呼喚其名，女性──村雨令音沉默以對。

沒錯。背後沐浴著月光出現在那裡的，正是狂三在學校時的教師，村雨令音。

當然，狂三也知道她不單只是一名教師。她是琴里率領的〈拉塔托斯克〉的機構人員，也是想籠絡狂三的士道的同伴。

不過，即使加上這些要素，令音的存在還是令狂三大感意外。

──難以理解。〈幻影〉的真實身分是村雨令音？那麼狂三得知的那個情報是──

「────────啊，啊。」

然而──

狂三緊絞喉嚨發出聲音。

「原來……是這麼回事啊。啊啊、啊啊──一切事情終於都銜接起來了。」

「…………」

聽見狂三說的話，令音微微瞇起雙眼，蹬了一下地面。

然後以超乎常人的跳躍力想逃向後方。

「——！『我們』！」

狂三反射性大喊。

於是，影子在地面上蠢動，令音著地的瞬間，無數隻「手」抓住她的身體。

「……唔——」

令音皺起臉不斷掙扎，想擺脫「手」的束縛。

然而，寡不敵眾。不久後，令音被層層的「手」桎梏——

就這麼被影子「吞食」了。

「…………」

狂三看著令音被吞食後的影子，片刻過後，唾棄般低喃：

「——連地獄都不收留妳。」

浮雲遮月，夜晚的城市更加充滿黑暗。

To Be Continued

後記

大家好，我是橘公司，喜歡的傑克是費茲比。（註：出自《魔術士歐菲》）

在此為您獻上《約會大作戰DATE A LIVE 16 再逢狂三》。各位讀者覺得如何呢？如果你們喜歡本書，將是我莫大的榮幸。

事情就是這樣，狂三篇終於登場了。這可能是她在本篇中久違的現身。由於她在短篇中經常出現，我個人是不覺得有隔多久啦。

在第三集就早早登場，在精靈組當中也算是初期成員，但只有她一人沒被封印靈力，一直在暗地裡活動，因此這次隔了許久又登上封面&副標。封面回眸一笑的狂三真是超級可愛的，若隱若現的美腿，性感極了。

不，不只封面，連扉頁也是狂三，每一頁彩頁也全都有狂三。這搞不好是第一次有一個角色出現在全部的彩頁上。真不愧是狂三。

考慮到有讀者可能在閱讀本篇之前會先翻閱後記，因此我盡量不提及情節，不過這次有許多出乎意料的發展，好幾幕場景我都寫得非常開心。

回想起來，狂三是《約會》中最早完成的角色。

正確來說跟現在的狂三有些不一樣，但我在高中二年級左右寫的小說中，有一個角色算是她的雛形。

哥德蘿莉風，頭髮長度左右不同，左眼是時鐘。說到當時我想到這個角色時的情緒，就是認為這個角色一定會紅，總有一天我要讓她問世。經過十多年，我依然深信不疑，我當時的想法沒有錯。

記得當時的設定是一名人造魔法師被移植特殊的時鐘，以自己的壽命為代價，換取使用特殊的能力。一使用能力，時鐘就會快轉，失去同等時間的壽命。

因此，除了狂三以外，也有許多擁有鐘錶的角色，基本上大多是裝設於手背或胸口，只有狂三是眼球本身變成時鐘。我想大概只有她吧。

當然，狂三的地位不可能是女主角，她是來取女主角性命的瘋狂妹妹角色。「嘻嘻嘻嘻嘻。我說，姊姊～～？」會說出這樣的臺詞。好可怕。

順帶一提，這完全是題外話，在我的處女作《蒼穹女武神》中登場的草薙音音（大）的原型也有在當時我寫的小說中登場。她是軍隊的大人物，最強角色之一，雙手的手背、雙肩、胸口這五個地方都擁有鐘錶。真強。

總覺得提起以前寫過的小說，真是超難為情的。

不過，這次很驚人喔。在作者簡介當中也有寫到，這本狂三篇、狂三外傳和つなこ畫集，總共三本，要在三月出版耶！一堆「三」！（註：此指日文版出版進度）

つなこ畫集中也有刊載我新寫的短篇小說，好奇的讀者請務必購買！似乎也有只能在這本畫集中看見的祕密插畫喲……

東出祐一郎老師所寫的狂三外傳《約會大作戰DATE A BULLET 赤黑新章》，內容充滿可愛、激烈和暴力。我喜歡篩繪。愛愛好可愛。有這麼多可愛的女孩子，大家一定會開心地一起舉辦茶會吧。好溫馨。本書最後也有刊載宣傳廣告，請大家一定要翻閱！NOCO老師筆下的狂三也非常美喔！

說到本書最後，還有刊載在第十四集復活的〈佛拉克西納斯Excelsior〉的設定畫！設計師和之前的〈佛拉克西納斯〉一樣，是海老川兼武老師！請各位一定要欣賞變得更加俐

落帥氣的〈佛拉克西納斯EX〉！

可惜是黑白頁……！這樣只能盡早再出官方極祕解說集2了。

那麼，本作品這次也在各方人士竭盡心力之下才得以完成。

插畫家つなこ老師，跨頁彩頁中佇立在分身上頭的狂三實在太帥氣了。責任編輯，不好意思，拖得比平常還久。美術設計草野，感謝您每次都設計得那麼好看，我想您應該差不多要開始煩惱怎麼編排標準字了吧，呵呵呵……

負責寫外傳的東出老師、NOCO老師、設計〈佛拉克西納斯〉的海老川老師、編輯部、業務人員、出版、通路相關的所有人員，以及拿起本書閱讀的各位讀者，由衷向你們致上謝意。

接下來是第17集。究竟故事會如何發展呢（防止爆雷）？

我會努力盡早完成，敬請期待。

那麼，期待下次再相會。

二〇一七年二月　橘　公司

DATE A LIVE

battleship FRAXINUS EX CELSIOR ASS-004-2

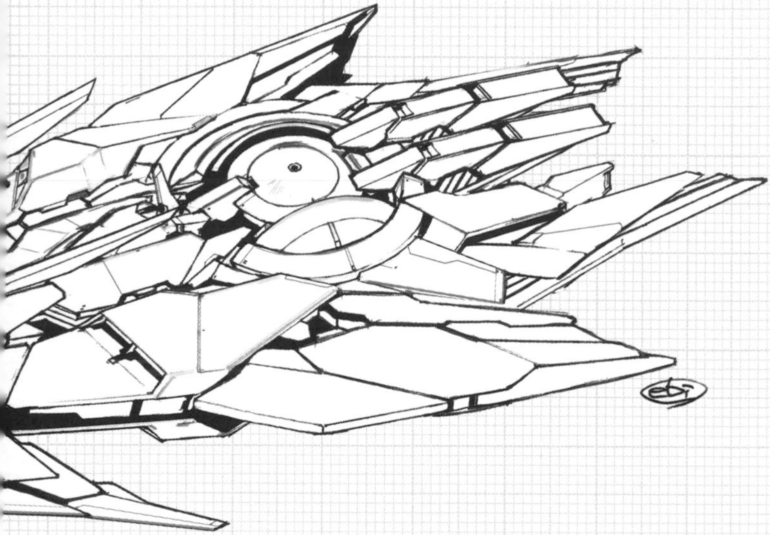

布洛德系統展開時

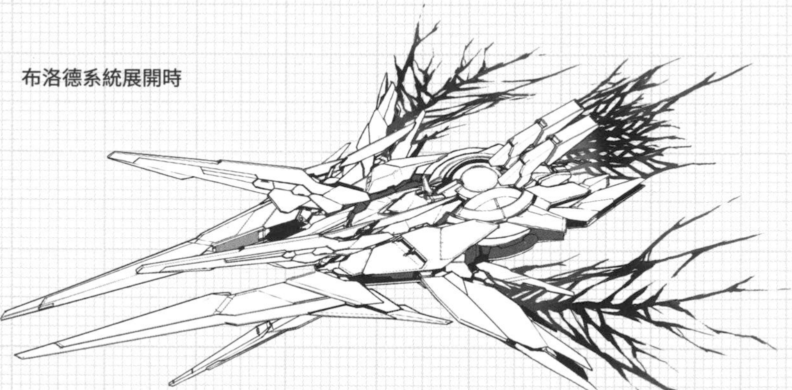

FRAXINUS EX CELSIOR

〈佛拉克西納斯 Ex celsior〉ASS-004-2

全長 255 公尺
全寬 115 公尺

主要裝備武器
收束魔力砲〈銀槲之劍〉
輔助魔力砲〈布爾特根〉
精靈靈力砲〈永恆之槍〉
迎擊用導彈〈布里歐納克〉
汎用獨立 Unit〈世界樹之葉（Yggd Folium）〉

靈力變換裝置　布洛德系統

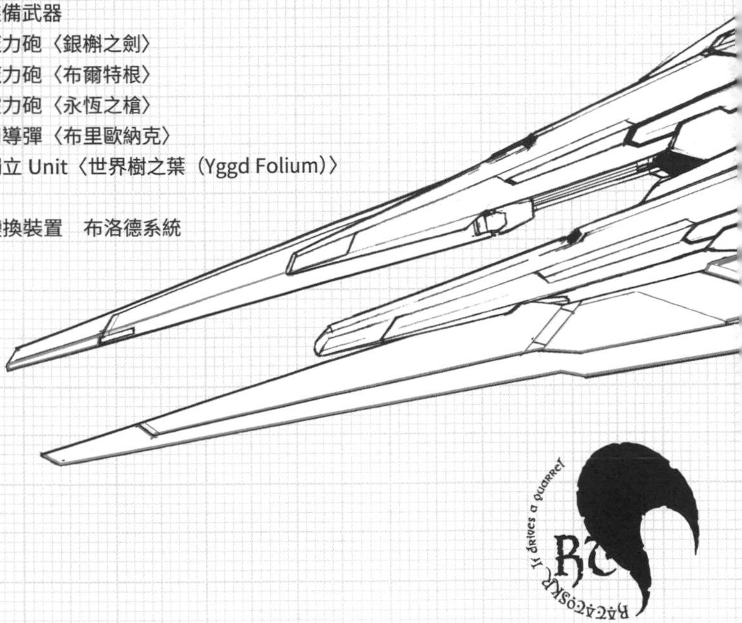

經過改裝，脫胎換骨的新〈佛拉克西納斯〉，AI的呼號是「MARIA」。搭載二十四具新型基礎顯現裝置AR-009。可以展開雙層隨意領域，利用它們互相排斥的特性，能不依賴推進器進行自由驅動。另外，能利用轉換、供給精靈靈力的裝置布洛德系統，暫時給予隨意領域超越極限值的力量。

戰艦設計／海老川兼武

《約會》外傳小說揭幕——
崎狂三另類故
另類故事。

「……我沒有名字。一片空無（Empty）。妳叫什麼名字？」

「我的名字是時崎狂三。」

失憶少女「空無」在所謂鄰界之地清醒，邂逅了時崎狂三。她跟著狂三來到一所學校，裡面聚集了一群被稱為準精靈的少女。

為了互相廝殺而齊聚一堂的十名少女，以及空空如也的校外人士少女。

好了——開始我們的新戰爭（DATE）吧。

這是獨樹一格的時崎狂三

Kadokawa Light Novels

為了拯救世界的那一天 -Qualidea Code- 1~2（完）

Kadokawa Fantastic Novels

作者：橘公司（Speakeasy） 插畫：はいむらきよたか

紫乃宮晶成了四天王之一，
反而讓他遭舞姬等人跟蹤？

紫乃的暗殺目標——天河舞姬突然造訪，還說想住在他的房間？神奈川有個傳統的「驚醒整人活動」，照慣例必須對新加入四天王的學生實施？因此，成為四天王之一的紫乃反而遭舞姬等人跟蹤？驚人的事實即將揭露——「紫乃……原來是女生喔？」

各 **NT$220/HK$68**

台灣角川

國家圖書館出版品預行編目資料

約會大作戰DATE A LIVE. 16, 再逢狂三 / 橘公司作 ; Q太郎譯. -- 初版. -- 臺北市 : 臺灣角川, 2018.01

面； 公分

譯自：デート・ア・ライブ 16 狂三リフレイン
ISBN 978-957-564-003-3(平裝)

861.57 106021776

Kadokawa
Fantastic
Novels

約會大作戰DATE A LIVE 16
再逢狂三

（原著名：デート・ア・ライブ16　狂三リフレイン）

2018年2月1日　初版第1刷發行
2024年4月12日　初版第10刷發行

作者：橘公司
插畫：つなこ
譯者：Q太郎

發行人：台灣角川股份有限公司
總監：呂慧君
總編輯：蔡佩芬
主編：林秀儒
編輯：孫千棻
設計指導：陳晞叡
美術設計：吳佳昫
印務：李明修（主任）、張加恩（主任）、張凱棋

發行所：台灣角川股份有限公司
地址：104台北市中山區松江路223號3樓
電話：(02) 2515-3000
傳真：(02) 2515-0033
網址：www.kadokawa.com.tw
劃撥帳戶：台灣角川股份有限公司
劃撥帳號：19487412
法律顧問：有澤法律事務所
製版：巨茂科技印刷有限公司
ISBN：978-957-564-003-3